AtV

ALFRED DE MUSSET (1810–1857), dem dieses kleine Opus zugeschrieben wird, entstammte einer alten französischen Adelsfamilie. Nach einem abgebrochenen Studium der Rechte und der Medizin fand er bereits mit 18 Jahren Aufnahme in Victor Hugos romantischen Dichterkreis »Cénacle«. Seine Schönheit wie auch sein gesellschaftlicher Charme machten ihn bald zum umschwärmten Mittelpunkt der Pariser Salongesellschaft der Romantik. Von 1833 bis 1835 währte seine verzehrende, qualvolle Leidenschaft für George Sand, die seine Dichtung tief prägte. Musset, ein Dandy, der alles Bürgerliche tief verachtete, wurde nicht alt: Ausschweifungen und Alkohol hatten seine anfällige Gesundheit zerrüttet. – Neben seiner geistreich-ironischen und sehr musikalischen Lyrik, seinen Novellen und bis heute gespielten Dramen wurden vor allem seine »Bekenntnisse eines Kindes seiner Zeit« (1836) berühmt, in denen sich das »mal du siècle«, das romantische Leiden an der eigenen Zeit eindrucksvoll manifestierte.

»*Gamiani*: Abscheulich? Abscheulich? Wie kann ich dir solchen Abscheu einflößen? Bin ich denn nicht noch jung? Bin ich nicht auch schön? Überall sagt man's mir. Und mein Herz? Gibt's ein Herz, das so zu lieben weiß? Ist denn dies Feuer, das mich verbrennt, das mich verzehrt, dieses glühende Feuer Italiens, das meine Sinne vervielfältigt und mich triumphieren läßt, wo alle anderen unterliegen – ist dies Feuer wirklich so etwas Abscheuliches? Sprich! Was ist ein Mann, ein Geliebter im Vergleich mit mir! Zwei oder drei Liebeskämpfe, und er liegt matt auf dem Rücken; nach dem vierten stößt er ein impotentes Röcheln aus, seine Glieder zucken in Krämpfen, 's ist jämmerlich! Aber ich – ich bleibe stark, ungebändigt, lustzitternd. Ja! Ich bin die verkörperte heiße Liebesbrunst des Fleisches. Unerbittlich in meiner Wollust gebe ich die Wonne ohne Ende; ich bin die Liebe, die der Tod ist!

Fanny: Halten Sie ein, Gamiani! Halten Sie ein!«

Alfred de Musset
zugeschrieben

Gamiani
oder
Zwei Nächte der Ausschweifung

Aufbau Taschenbuch Verlag

Titel der Originalausgabe
Gamiani ou Deux nuits d'excès

Aus dem Französischen von Heinrich Conrad
Mit einem Nachwort von Albrecht Koschorke

ISBN 3-7466-1413-9

3. Auflage 1999
Aufbau Taschenbuch Verlag GmbH, Berlin

Unsere Ausgabe folgt – mit freundlicher Genehmigung des Schneekluth Verlages – in Teilen dem von Michael Farin in seiner »Erotischen Bibliothek« herausgegebenen Band
Umschlaggestaltung Preuße & Hülpüsch Grafik Design unter Verwendung eines Fotos von Yuri Doje, The Image Bank
Druck Elsnerdruck GmbH, Berlin
Printed in Germany

Die erste Nacht

Mitternacht war schon vorüber; aber die Säle der Gräfin Gamiani strahlten noch in hellem Lichterglanz.

Von den Klängen einer berauschenden Musik erregt, gaben sich die Gäste der Lust des Tanzes hin. Von Geschmeide und Edelsteinen funkelten die prachtvollen Toiletten der Damen.

Anmutig und liebenswürdig stand die Gräfin als Königin des Balles in der Mitte ihrer Gäste; man sah ihr den Triumph über das Gelingen ihres mit verschwenderischer Pracht veranstalteten Festes an, von dem schon wochenlang vorher ganz Paris gesprochen hatte. Mit freundlichem Lächeln hörte sie allen den schmeichelnden Komplimenten zu, womit die Anwesenden ihr den Zoll für die Einladung entrichteten.

Meiner Gewohnheit gemäß stand ich abseits, um Beobachtungen zu machen, und da war mir bereits manches aufgefallen, was mir allerlei Zweifel an der Gräfin erweckte. Daß sie eine vollendete Weltdame war, konnte ich nicht bestreiten. Aber wie stand es mit ihren moralischen Qualitäten? Es reizte mich, ihr Herz mit dem Seziermesser des Forschers zu untersuchen. Doch etwas Befremdliches, mir Unerklärliches hinderte mich daran, der Sache wirklich auf den Grund zu gehen. Aus dem Lebenswandel dieser Frau ließen sich keine Schlüsse ziehen; es schien mir daher unendlich schwer, das Rätsel ihres Daseins aufzuhellen. Daß ein solches Rätsel vorhanden sein müsse, sagte mir eine bestimmte Ahnung.

Sie war jung, Besitzerin eines riesigen Vermögens, eine Schönheit nach dem Geschmack der Durchschnittsmenschen. Trotzdem stand sie allein in der Welt; sie hatte keine Freunde. Ihr mochte ihre Individualität genügen, aber die Gesellschaft fragte sich verwundert, warum ein solches Weib unvermählt bleibe.

Böse Zungen hatten sich eifrig mit diesem Thema beschäftigt. Man erzählte sich viel, aber zu beweisen war nichts. Die Gräfin Gamiani blieb undurchdringlich.

Einige nannten sie eine Fœdora,[1] ein Weib ohne Herz und ohne Temperament, andere sprachen die Vermutung aus, ihr Herz müsse einmal eine tiefe Wunde empfangen haben, und sie sei auch deshalb so kalt, weil sie neue Enttäuschungen vermeiden wolle.

1 Nach dem Balzacschen Roman *Fœdora, La femme sans cœur*

Diese Fragen beschäftigten mich lebhaft; ich strengte alle meine Geisteskräfte an, um ihre Lösung zu finden. Aber vergeblich – eine befriedigende Antwort kam mir nicht in den Sinn.
Ich wollte meine unfruchtbaren Bemühungen gerade aufgeben, da hörte ich plötzlich hinter mir den spöttischen Ausruf eines alten Lebemanns:
»Bah! Sie ist eine Tribade!«
Dies Wort erleuchtete wie ein Blitz die Dunkelheit, die mich umgab. Jetzt war alles klar – in der Kette der Schlußfolgerungen fehlte kein Glied mehr; alle Widersprüche waren gelöst.
Eine Tribade! Oh, dieses Wort schlägt mit seltsamem Klange an unser Ohr! Es ruft in unserer Phantasie eigentümlich verschwommene Bilder unerhörter Sinnenlüste hervor. Wir denken an eine Raserei der Wollust, an eine sinnlose Trunkenheit des Geschlechtstriebes, an ein furchtbares Genießen, das ewig unvollkommen bleibt.
Vergeblich suchte ich diese Gedanken mir fernzuhalten; im Nu hatten sie meine geschlechtliche Phantasie in Feuer und Flammen gesetzt. Schon sah ich die Gräfin mit aufgelösten Haaren, nackt in den Armen eines anderen Weibes – keuchend, von Wollust erschöpft und trotzdem immer noch von unbefriedigten Begierden gepeinigt. –
Mein Blut war siedend heiß, es wirbelte mir vor den Augen – halb betäubt sank ich auf ein Sofa.

Als ich mich wieder erholt hatte, stand in mir der Entschluß fest, um jeden Preis der Gräfin ihr Geheimnis zu entreißen. Mit nüchterner Überlegung erwog ich die Mittel und Wege, um zu diesem Ziele zu gelangen.
Ich beschloß endlich, Gamiani während der Nacht zu beobachten und mich zu diesem Zweck in ihrem Schlafzimmer zu verstecken. Gerade ihrem Bett gegenüber befand sich die Glastür des Ankleidezimmers. Ich erkannte sofort, daß dies der beste Beobachtungsposten sei. Einige Kleidungsstücke, die an der Wand hingen, boten ein leidliches Versteck. Ich verbarg mich hinter ihnen und beschloß, die Stunde des Hexensabbats zu erwarten.
Kaum war ich in meinem Versteck, da erschien die Gräfin. Sie rief nach ihrer Kammerzofe, einem jungen Mädchen von dunkler Hautfarbe und mit üppigem Busen.
»Julie«, sagte sie, »ich brauche dich heute abend nicht. Du kannst zu Bett gehen... Ach, und was ich noch sagen wollte – solltest du in meinem Zimmer Geräusche hören, so kümmere dich nicht darum. Ich will allein sein.«
Diese Worte ließen dramatische Ereignisse erwarten; ich wünschte mir Glück zu meinem kühnen Entschluß.
Die Gräfin hatte sich wieder zur Gesellschaft begeben. Immer schwächer wurde allmählich das Stim-

mengemurmel, das zu meinem Winkel herüberdrang. Endlich hatten alle Gäste sich entfernt, und Gräfin Gamiani blieb allein mit einer ihrer Freundinnen, Fräulein Fanny B* * *. Es dauerte nicht lange, und ich hatte sie im Schlafzimmer vor meinen Augen und hörte ihr Gespräch.

Fanny: Was für ein Mißgeschick! Der Regen fällt in Strömen, und kein Wagen ist zu haben!

Gamiani: Auch ich bin untröstlich, daß Ihnen das passieren muß. Leider kann ich Ihnen nicht helfen: mein Wagen ist zum Ausbessern beim Stellmacher.

Fanny: Meine Mutter wird sich beunruhigen.

Gamiani: Machen Sie sich darum keine Sorgen, liebe Fanny: Ihre Frau Mama weiß schon Bescheid; ich habe ihr sagen lassen, daß Sie die Nacht bei mir verbringen. Sie sind mein Gast.

Fanny: Sie sind wirklich zu gütig! Ich mache Ihnen gewiß Ungelegenheiten.

Gamiani: Aber nein! im Gegenteil: ein großes Vergnügen! Ich sehe darin ein entzückendes Abenteuer. Ich schicke Sie nicht in eines von meinen Fremdenzimmern, lassen Sie uns die Nacht beisammenbleiben.

Fanny: Warum? Ich werde Sie im Schlafe stören.

Gamiani: Aber machen Sie doch nicht so viele Umstände! Nehmen Sie an, wir seien zwei junge Freundinnen – Pensionsfreundinnen.

Ein sanfter Kuß bekräftigte ihre zärtlichen Worte.
Gamiani: Ich werde Ihnen beim Auskleiden helfen. Meine Zofe ist schon zu Bett; aber wir brauchen sie ja auch gar nicht.
Nein! Dieser entzückende Leib! Glückliches Mädchen! Ich bewundere Ihren Wuchs!
Fanny: Sie finden ihn wirklich schön?
Gamiani: Entzückend!
Fanny: Ach! Sie wollen mir ja nur schmeicheln.
Gamiani: O wie wundervoll die Weiße Ihrer Haut! Man könnte eifersüchtig darauf werden.
Fanny: Nein, das brauchen Sie nicht. In diesem Punkte kann ich's mit Ihnen nicht aufnehmen. Nein – wirklich und wahrhaftig: Sie sind weißer als ich.
Gamiani: Was fällt Ihnen ein, liebes Kind... Aber ziehen Sie sich doch ganz aus! Machen Sie's doch wie ich. Wovor genieren Sie sich denn? Sie tun ja gerade, wie wenn ein Mann im Zimmer wäre. Da! Sehen Sie sich doch im Spiegel!... Was meinen Sie, wie Paris sich beeilen würde, Ihnen den Apfel zuzuwerfen... Die Spitzbübin! Sie lächelt, weil sie sieht, wie schön sie ist. Man muß Sie küssen – auf Ihre Stirn, auf Ihre Wangen, auf Ihre Lippen. Überall sind Sie schön – überall!

Vor Wollust glühend, bedeckte der gierige Mund der Gräfin Fannys Leib mit unzähligen Küssen.

Sprachlos, zitternd ließ Fanny alles über sich ergehen. Sie begriff nicht, was Gamiani von ihr wollte.

Es war ein entzückender Anblick, dieses Paar nackter Frauengestalten: Wollust, Grazie, sinnliches Sichgehenlassen, zaghafte Scham! Eine Jungfrau, ein Engel in den Armen einer rasenden Bacchantin!

Und alle diese Schönheiten waren meinen Blicken ausgeliefert! Das Schauspiel brachte meine Sinne in den höchsten Aufruhr.

Fanny: O was machen Sie denn? Lassen Sie doch, Frau Gräfin, ich bitte Sie...

Gamiani: Nein, nein, meine Fanny! Mein Kind, mein Leben, meine Wonne! Du bist zu schön! Ich liebe dich! Ich liebe dich rasend! Ich bin wahnsinnig!

Vergebens sträubte sich das schöne Kind. Küsse erstickten ihr Schreien. Gamiani umarmte sie, umschlang sie – aller Widerstand war vergeblich. Rasend vor Leidenschaft schleppte sie sie an ihr Bett – sie warf sie darauf hin, wie ein wildes Tier seine Beute.

Fanny: Was ist Ihnen denn? Um Gottes willen, Frau Gräfin – das ist ja entsetzlich! Lassen Sie mich los, oder ich schreie! Sie machen mir angst!

Gamiani antwortete nur mit immer heißeren, immer stürmischeren Küssen. Fester nur umschlan-

gen sie ihre Arme – die beiden Leiber waren zu einem einzigen verschlungen.
Gamiani: Fanny! Sei mein! Sei ganz und gar mein! Komm! Nimm mein Leben hin! Nicht wahr – das ist Wonne? Wie du zitterst, süßes Kind! Ah! Du ergibst dich mir!
Fanny: Es tut weh! Es tut weh! Sie töten mich! – Ach – Ich sterbe…
Gamiani: Ja, so ist's recht! Presse dich an mich, meine Kleine, mein goldenes Lieb! Drücke mich… immer noch fester! Wie schön sie ist im Liebesrausch! Wie wollüstig… Du genießt! Du bist glücklich!… O mein Gott!
Es war ein seltsamer Anblick. Mit glühenden Augen, mit aufgelösten Haaren rutschte die Gräfin auf ihrem Opfer hin und her, dessen Sinne jetzt ebenfalls zur höchsten Wollust entflammt waren. Die beiden Weiber hielten sich in den Armen, umklammerten sich mit aller Macht. Jeder Stoß der einen wurde von der anderen erwidert; jedes Stöhnen, jeder Seufzer erstarb in heißesten Küssen.
Das Bett krachte von den wütenden Stößen der Gräfin.
Bald war Fanny erschöpft; wie vernichtet ließ sie ihre Arme niedersinken. Totenblaß lag sie unbeweglich da wie eine schöne Leiche.
Gamiani raste weiter. Die Wollust brachte sie aufs Äußerste, aber sie vermochte nicht zur Krisis zu

gelangen. Mit einem wilden Satz stürzte sie sich mitten ins Zimmer; wälzte sich auf dem Teppich, in immer neuen lasziven Stellungen ihre eigenen Sinne aufpeitschend; ihre geschäftigen Finger mühten sich vergebens, ihr die höchste Befriedigung zu verschaffen.

Dieser Anblick raubte mir vollends die Besinnung.

Im ersten Augenblick hatten Ekel und Entrüstung alle anderen Gefühle in mir übertäubt. Ich war in Versuchung, vor die Gräfin hinzutreten, sie mit der ganzen Wucht meiner Verachtung zu Boden zu schmettern. Aber meine Sinne waren stärker als meine Vernunft. Das Fleisch – das unbändige, zuckende Fleisch triumphierte! Ich war betäubt, ich war wahnsinnig. Die Kleider riß ich mir vom Leib, und nackt, glühend, fürchterlich stürzte ich mich auf die schöne Fanny.

Kaum hatte sie so viel Zeit, dieses neuen Angriffs gewahr zu werden, da war ich schon Sieger. Ich fühlte ihren geschmeidigen zarten Leib erschauern, unter meinem Leibe sich hin und her bewegen, jeden meiner Stöße erwidern. Wie glühende Pfeile kreuzten sich unsere Zungen, unsere beiden Seelen verschmolzen zu einer.

Plötzlich stöhnte Fanny: »O mein Gott – er mordet mich...!«

Mit diesen Worten bäumte die Schöne sich empor,

stieß einen Seufzer aus – und sank dann zurück, indem sie mich mit ihrer süßesten Liebesgabe überströmte.

»Ah, Fanny«, rief da auch ich. »Fanny – warte... nimm! Ah...!«

Und auch ich glaubte mein Leben zu verströmen.

Welche Raserei der Liebe! Besinnungslos in Fannys Armen schwelgend, hatte ich nichts von den erbitterten Angriffen bemerkt, die die Gräfin gegen mich gerichtet hatte.

Unser Seufzen, unser Schluchzen hatte auch sie aus ihrem Taumel erweckt; vor Wollust und Neid außer sich, hatte sie sich auf mich gestürzt, um mir ihre Freundin aus den Armen zu reißen.

Ihre Arme umschlangen und schüttelten mich, ihre Finger krallten sich in mein Fleisch, ihre Zähne verbissen sich in mich. Die Berührung von zwei Frauenkörpern, die beide von der höchsten Liebesleidenschaft erregt, beide von Wollust durchglüht waren, rief meine ermatteten Sinne wieder ins Leben zurück, verdoppelte, verdreifachte meine Begierden. Ich war ganz und gar Feuer.

Machtvoll, siegreich blieb ich als Herrscher in Fannys Schoß. Mein Wille herrschte in diesem Knäuel von drei ineinander verschlungenen, verstrickten Menschenleibern. Ein Griff, und ich packte mit aller Kraft Gamianis Schenkel und hielt sie gespreizt oberhalb meines Kopfes.

»Gamiani!« rief ich. »Du bist mein! Leg dich vornüber, stütze dich fest auf deine Arme!«
Gamiani begriff, was ich wollte, und ich konnte in aller Bequemlichkeit meine nimmersatte Zunge an ihrer heißen Scham spielen lassen.
Sinnlos vor Wollust liebkoste Fanny mit tausend Küssen die wogenden Brüste, die sich über ihrem Gesicht hin und her bewegten.
Im Nu war die Gräfin besiegt. Sie stammelte: »Wie das brennt! Zuviel...! Gnade...! O welche Wollust! Du machst mich tot...! Gott...! Ich ersticke!« Und wie eine leblose Masse sank Gamianis Leib zur Seite.
Fannys Erregung aber steigerte sich nur noch mehr. Sie warf ihre Arme um meinen Hals, umschlang mich, preßte mich an sich, kreuzte ihre Beine über meinen Lenden. Dann kamen stoßweise abgerissene Laute: »Liebster! Geliebter!... Gib dich mir!... Gib mir alles!... Nicht so heftig... Ein bißchen... Halt... Ah... so... so... Schneller!... Schneller doch!... O ich fühl's... ich... spritze... ich...«
Und starr, bewegungslos, lagen wir aufeinander, Mund an Mund gepreßt. Aber wir spürten kaum unsere fast erloschenen Atemzüge.
Allmählich kamen wir wieder zu uns. Alle drei erhoben wir uns und starrten uns einen Augenblick verständnislos an.

Die Gräfin wurde sich als erste über die Situation klar. Ihrer Raserei sich schämend, warf sie sich schnell ein Hemd über. Fanny verbarg sich unter den Bettüchern und fing an zu weinen wie ein kleines Kind, das sich seiner Schuld bewußt wird, wenn diese begangen und nicht wiedergutzumachen ist.
Gamiani aber wandte sich zu mir und rief zornig:
»Mein Herr, das ist ein recht erbärmlicher Überfall! Ihre Handlungsweise ist schändlich, hinterlistig, gemein! – Ich schäme mich Ihretwegen!«
Ich wollte mich verteidigen, aber sie rief:
»Oh, schweigen Sie nur! Sie sollten wissen, daß eine Frau niemals dem Manne verzeiht, der sich ihre Schwachheit zunutze gemacht hat!«
Ich suchte mich so gut wie möglich herauszureden. Ich schwor ihr, ihre Kälte habe in mir eine verhängnisvolle, unwiderstehliche Leidenschaft erweckt, habe mich zur Verzweiflung gebracht, und so sei mir nichts anderes übriggeblieben als List und Gewalt.
»Übrigens«, so schloß ich, »können Sie wirklich glauben, Gamiani, ich würde jemals ein Geheimnis mißbrauchen, dessen Besitz ich mehr noch dem Zufall als meinem kühnen Handstreich verdanke? O nein! Das wäre denn doch zu unedel! Niemals, niemals in meinem Leben werde ich die Verzükkungen dieser Augenblicke vergessen, aber ich

werde sie verschweigen, in mein Inneres verschließen. Habe ich gefehlt – nun, so bedenken Sie auch, daß eine rasende Begier mir in der Seele tobte. Oder noch besser, vergessen Sie alles und denken auch Sie nur noch an die Wonnen, die wir zusammen genossen haben, die wir uns jeden Augenblick von neuem verschaffen können ... Und Sie, Fräulein Fanny, weinen Sie nicht! Tränen im Augenblick der Wonne? O nein! Denken Sie an weiter nichts als an die süße Glückseligkeit, die uns eben noch vereint hielt. Bewahren Sie sie in Ihrer Erinnerung wie einen glücklichen Traum, um den nur Sie ganz allein wissen! Ich schwöre Ihnen, niemals werde ich das Andenken an diese Stunde der Seligkeit beflecken, indem ich zu anderen davon spreche!«

Gamianis Zorn legte sich, Fannys Tränen versiegten. Wir wußten selber nicht, wie es kam – aber plötzlich waren unsere Glieder wieder ineinander verschlungen, und wir wetteiferten in toller Lustigkeit, in Küssen, in Liebkosungen. Und ich rief:

»O meine schönen Freundinnen! Verbannen wir die Furcht von dieser Stätte der Freude! Rückhaltlos – wie wenn diese Nacht die letzte wäre – wollen wir uns der Liebe, der Wollust überlassen!«

»Ja!« rief auch Gamiani. »Der Würfel ist gefallen. Auf zur Lust! Komm, Fanny! Küß mich doch, du tolles Ding! Da – meine Lippen. Laß mich dich beißen, laß mich an dir saugen, laß mich dich aussaugen bis aufs Mark. Alcide! Es ruft die Pflicht! Ah, du bist ein prächtiger Kerl! Wie reich dich die Natur ausgestattet hat!«

»Neid, Gamiani? Wart, ich komme! Du verachtest die Wonne der Männerliebe – aber du wirst sie preisen, wenn du sie erst einmal so recht genossen hast. Bleib liegen, wie du liegst! Drücke den Unterleib noch weiter vor! Ah, wie du schön bist! Diese entzückende Stellung! Jetzt schnell, Fanny! Steig auf Gamiani hinauf und lenke du selbst meine drohende Waffe, den heißen Pfeil! Auf zum Angriff gegen die Festung! Los!... Nicht so, Gamiani! Das ist zu stark, zu schnell... ah! Du machst ja alle Wonne zuschanden!«

Die Gräfin warf sich wie eine Besessene unter mir hin und her. Fannys Küsse reizten sie mehr als alle meine Liebesmüh. Eine besonders heftige Bewegung Gamianis zerstörte die ganze Gruppe. Ich machte mir dies zunutze, um Fanny auf die Gräfin zu werfen und nunmehr mit aller Glut der Liebe das junge Mädchen anzugreifen. In einem Augenblick zerflossen, versanken wir in einem Meer von Lust.

Nach einer Pause sagte Gamiani lachend:

»Was fiel dir denn auf einmal ein, Alcide, daß du plötzlich den Spieß umdrehtest?... O du brauchst dich nicht zu entschuldigen. Ich verzeihe dir: Du hattest begriffen, daß du zu viel Wonne aufgabst, indem du deine Mühe an eine Fühllose verschwendetest. Aber was willst du? Ich habe das traurige Geschick, mit der Natur in Zwiespalt zu liegen. Ich träume nur noch von Furchtbarem, Greulichem, Niedagewesenem. Ich jage dem Unmöglichen nach... O ja! Es ist entsetzlich! Immer in Enttäuschungen sich verzehren! Immer wünschen – nie befriedigt sein! Meine Phantasie tötet mich... ach ja, ich bin sehr unglücklich!«

In ihren Worten lag ein so starker Ausdruck von Verzweiflung, daß ich mich von Mitleid gerührt fühlte. Das Weib war böse – aber sie litt selbst am meisten darunter. Ich wollte versuchen sie zu trösten und sagte:

»Vielleicht ist das nur ein vorübergehender Zustand, Gamiani! Du liest wohl zu viel schlechte Bücher?«

»O nein, nein! Das ist es nicht... Aber hört mich an. Ihr werdet mich beklagen... vielleicht werdet ihr mich begreifen – und entschuldigen.«

Und sie erzählte:

Gamianis Jugend

In Italien wuchs ich auf, im Hause einer Tante, die schon in jungen Jahren Witwe geworden war. Im Alter von fünfzehn Jahren sah ich in den Dingen dieser Welt nur die Schreckbilder, die der fromme Eifer der gläubigen Christen von ihnen entworfen hat.

Alle meine Gedanken gingen in Gott auf, und ich verbrachte alle meine Tage in Gebeten zum Himmel, er möge mich von den Qualen der Hölle verschonen.

Diese Seelenängste waren mir von meiner Tante eingeflößt worden; niemals versuchte sie sie durch irgendein Zeichen von Zärtlichkeit zu beschwichtigen. Trost und Frieden fand ich nur im Schlaf. Meine Tage schlichen traurig dahin wie die Nächte eines zum Tode Verurteilten.

Nur ab und zu rief meine Tante mich morgens in ihr Bett. Da empfing sie mich mit zärtlichen Blikken, mit freundlichen Worten. Sie zog mich an ihren Busen, ich lag zwischen ihren Schenkeln, und plötzlich preßte sie mich in krampfhafter Umschlingung an sich. Wild warf sie sich hin und her, ihr Kopf sank zur Seite – in einem wahnsinnigen Auflachen verlor sie die Besinnung.

Erschreckt, keiner Bewegung fähig, sah ich sie an. Ich glaubte, sie hätte einen epileptischen Anfall...

Eines Tages hatte sie eine lange Unterredung mit einem Franziskanermönch; zuletzt wurde ich hereingerufen, und der ehrwürdige Pater hielt folgende Ansprache an mich:

»Liebe Tochter, du bist jetzt erwachsen. Der böse Feind kann schon sein Auge auf dich geworfen haben. Wenn du nicht rein und makellos bist, können seine Pfeile dich treffen. Hat aber keine Sünde dich besudelt, so bist du unverwundbar. Durch Schmerzen hat unser Herr Christus die Welt erlöst; durch Schmerzen wirst auch du dich von deinen Sünden erlösen. Bereite dich darauf vor, das Martyrium der Erlösung zu bestehen. Bitte Gott um die nötige Kraft und den nötigen Mut. Heute abend wirst du die Prüfung zu bestehen haben... Geh in Frieden, mein Kind!«

Meine Tante hatte mir schon seit mehreren Tagen fortwährend davon gesprochen, daß man durch Leiden, durch Martern sich von seinen Sünden loskaufen müsse.

Die Worte des Mönchs erschreckten mich. Ich eilte hinaus. Als ich allein war, wollte ich beten, meine Zuflucht zu Gott nehmen. Aber ich konnte an nichts anderes denken als an die mir bevorstehenden Schmerzen.

Gegen Mitternacht kam meine Tante zu mir. Sie befahl mir, mich nackt auszuziehen, wusch mich vom Kopf bis zu den Füßen und ließ mich ein lan-

ges schwarzes Kleid anziehen, welches um den Hals durch eine Schnur zusammengezogen wurde, hinten aber offen war.
Sie legte sich ein gleiches Kleid an, und wir fuhren in einem Wagen vom Hause fort.
Eine Stunde später sah ich mich in einem großen Saal, der ganz mit schwarzen Stoffen ausgeschlagen war und durch eine einzige Lampe, die von der Decke herabhing, ein schwaches Licht empfing. Mitten in diesem Gemach befand sich ein Betschemel nebst einigen Kissen.
»Knie nieder, Nichte!« flüsterte meine Tante zu mir. »Bereite dich durch Gebete auf das vor, was dir bevorsteht, und ertrage mit Mut alle Leiden, die Gott in seiner Güte dir sendet!«
Kaum war ich, gehorsam ihrem Gebote, niedergekniet, da öffnete sich eine Tür. Ein Mönch, der in derselben Weise gekleidet war wie meine Tante und ich, trat an mich heran, indem er einige Worte vor sich hinmurmelte. Plötzlich schlug er von hinten meine Rockschöße auseinander, so daß die ganze Rückseite meines Körpers entblößt war.
Ein leichtes Zittern rann unwillkürlich durch die Glieder des Mönches. Offenbar brachte ihn der Anblick meines nackten Fleisches außer sich. Seine Hand betastete meinen ganzen Rücken, besonders meine Hinterbacken, und verweilte dann etwas weiter unten.

»Dies ist der Körperteil, womit das Weib sündigt; an diesem Körperteil muß sie Schmerzen leiden«, sagte eine Grabesstimme.
Kaum waren diese Worte erklungen, so fühlte ich furchtbare Schläge auf mich herabsausen. Erst waren es Ruten, dann knotige Stricke mit Eisenkugeln an den Enden. Ich klammerte mich an den Betschemel und bemühte mich, nicht zu schreien. Aber vergeblich – der Schmerz war zu stark. Ich sprang auf und lief im Saal herum, indem ich rief: »Gnade! Gnade! Diese Qual kann ich nicht ertragen! Lieber tötet mich! Barmherzigkeit, bitte, bitte...«
»Elende, feige Seele!« schrie meine Tante entrüstet. »Nimm dir mein Beispiel zu Herzen!«
Mit diesen Worten riß sie sich das Kleid vom Leib und warf sich mit gespreizten Beinen, ganz nackt, auf die Erde. Die Hiebe hagelten auf sie hernieder; unerbittlich schlug der Henker immer weiter. In einem Augenblick waren ihre Schenkel von Blut überströmt.
Meine Tante aber hielt unerschütterlich stand; sie rief sogar fortwährend: »Stärker! Ah! Immer noch stärker!«
Dieser Anblick brachte mich von Sinnen. Ich verspürte einen übernatürlichen Mut und rief, auch ich sei bereit, alles zu erdulden.
Sofort sprang meine Tante auf, um mich mit glü-

henden Küssen zu bedecken. Der Mönch dagegen fesselte mir die Hände und legte mir eine Binde über die Augen.

Und nun begann erst die eigentliche, fürchterliche Marter: bald hatte mich der Schmerz völlig betäubt; ich vermochte keine Bewegung mehr zu machen, ich fühlte nichts mehr. Offenbar aber wurden noch andere Menschen gemartert: durch das Geräusch der Schläge hindurch hörte ich dumpfes Geschrei, Ausrufe, das Klatschen von Händen, die auf Menschenfleisch niederfielen. Dann wieder wahnsinniges, nervöses, krampfhaftes Gelächter, in denen sich die Orgien der Sinne Luft machen. Zuweilen übertönte die Stimme meiner Tante, vor Wollust röchelnd, diese ganze seltsame Symphonie, dieses Saturnal von Blut und Schmerzen.

Später begriff ich, daß das Schauspiel meiner Folterung nur dazu gedient hatte, um abgestumpfte Sinne aufzustacheln. Jeder meiner unterdrückten, erstickten Seufzer gab der Wollust neuen Ansporn.

Endlich hörte der Henker auf; ohne Zweifel nur darum, weil er vor Müdigkeit nicht mehr konnte. Ich war vor Angst und Schmerz völlig unbeweglich, ich hatte mich in mein Schicksal ergeben: ich glaubte sterben zu müssen. Als ich aber nach und nach wieder zum Bewußtsein kam, empfand ich ein eigentümliches Zucken und Kitzeln: mein ganzer Leib brannte, alle meine Glieder zuckten und zitterten.

Wollüstig warf ich mich hin und her; eine unersättliche Begier heischte Befriedigung. Plötzlich umschlangen mich zwei kräftige Arme. Etwas mir unbekanntes Heißes, Steifes schlug gegen meine Schenkel an, glitt dann zwischen sie und drang plötzlich in meinen Leib ein. Mir war zumute, als würde ich auseinandergespalten. Ich stieß einen furchtbaren Schrei aus, der aber von lautem Gelächter übertönt wurde. Zwei oder drei neue Stöße – und der Riesenpflock war seiner ganzen Länge nach in mich eingedrungen. Meine blutüberströmten Beine umschlangen die Schenkel meines Angreifers, und es war, wie wenn unser Fleisch sich vermischte und zu einem einzigen Leibe verschmölze. Meine Adern waren strotzend voll, alle meine Sehnen bis zum Zerspringen angespannt. Die Stöße folgten sich mit unglaublicher Geschwindigkeit und versetzten mich in eine solche Glut, daß es mir vorkam, als hätte man mir ein glühendes Eisen in den Leib gestoßen.

Bald schwanden mir die Sinne; ich glaubte im Himmel zu sein. Eine heiße, schleimige Flüssigkeit überströmte mich, drang bis in mein Innerstes ein – ich glaubte sie bis ins Mark meiner Knochen zu spüren... Es war zu viel... Auch aus mir schoß es hervor wie ein glühender Lavastrom. Ich fühlte, wie ein brennender, beizender Saft sich ergoß. Wild und immer wilder stieß ich, damit er noch reichlicher flösse. Dann versank ich erschöpft in einen Abgrund unerhörter Wollust.

Fanny: Gamiani, wie du zu malen weißt! Man spürt die Hölle im Leibe.

Gamiani: Das ist noch nicht alles.

Bald wandelte sich meine Wollust in entsetzlichen Schmerz. Ich wurde auf die gräßlichste Weise vergewaltigt. Mehr als zwanzig Mönche stürzten sich wie wilde Kannibalen einer nach dem andern über mich her. Mein Kopf sank zur Seite. Wie ein Leichnam lag mein geschändeter Leib auf den Polstern. Man trug mich wie tot ins Bett.

Fanny: Infame Schlächterei!

Gamiani: Jawohl, infam! Ja, noch mehr als infam! Als ich wieder lebte, als ich endlich wieder gesund war, begriff ich die entsetzliche Verworfenheit meiner Tante und ihrer infamen Orgiengenossen, die nur noch der Anblick entsetzlichster Martern zu reizen vermochte. Ich schwor ihnen tödlichen Haß. Und dieser Haß erstreckte sich bald ohne Ausnahme auf alle Männer. Der Gedanke, die Liebesbezeugungen eines Mannes zu erdulden, war mir ekelhaft. Ich gab mich nicht mehr dazu her, das elende Spielzeug ihrer Launen zu sein.

Aber ich hatte ein glühendes Temperament, das nach Befriedigung schrie. Ich ergab mich der Onanie und wurde von dieser erst später durch die sachverständigen Belehrungen geheilt, die mir die Nonnen des Klosters »Zum Herzen Jesu« erteilten. Diese Belehrungen gaben mir den Rest, verdarben mich ganz und gar...

Tränen erstickten Gamianis Stimme.
Liebkosungen vermochten nichts bei dieser Frau. Um der peinlichen Szene ein Ende zu machen, wandte ich mich an Fanny und sagte:
»Jetzt kommst du dran, schöne Kleine! Du bist in einer einzigen Nacht in gar viele Mysterien eingeweiht worden. Nun erzähle uns, wie es dir erging, als du zum erstenmal die Lust des Fleisches verspürtest!«
Fanny: Ich! O nein – das kann ich wirklich nicht erzählen!
Alcide: Deine Schamhaftigkeit ist hier nun wirklich nicht angebracht.
Fanny: O – es ist nicht deshalb. Aber nach der Erzählung der Gräfin wäre das, was ich berichten könnte, gar zu unbedeutend.
Alcide: Glaube doch das nicht, du liebe kleine Unschuld! Was sträubst du dich noch? Sind wir denn nicht durch die Wollust unserer Sinne zu einem einzigen Wesen geworden? Wir brauchen voreinander nicht mehr zu erröten. Wir haben alles getan – und so können wir auch alles sagen.

Gamiani: Da, Schönste – einen Kuß, zweihundert Küsse, wenn du willst! Laß dich doch bereden! Und sieh, wie verliebt Alcide ist – sieh, wie seine Manneswaffe dir droht!

Fanny: Nein, nein – laßt mich! Alcide, ich habe keine Kraft mehr.

Bitte, bitte... Gnade! Gamiani, wie bist du wollüstig!... Fort, Alcide!... Oh...

Alcide: Keinen Pardon, zum Donnerwetter! Entweder gibst du uns die Odyssee deiner Jungfernschaft zum Besten, oder Curtius stürzt sich mit Wehr und Waffen in...

Fanny: Wenn ihr es denn durchaus wollt...

Gamiani und Alcide: Ja, ja!

Fanny: In vollkommener Unschuld, das kann ich euch schwören, erreichte ich mein fünfzehntes Jahr. Selbst in Gedanken hatte ich mich niemals mit der Verschiedenheit der Geschlechter beschäftigt.

Gedankenlos lebte ich dahin – und gewiß, ich war glücklich... Da war ich einmal an einem sehr heißen Sommertage ganz allein zu Hause, und ich verspürte ein eigentümliches Bedürfnis, die lästigen Kleider von mir abzuwerfen, um meine Glieder frei dehnen zu können.

Ich zog mich aus, ich warf mich, fast nackt, auf einen Diwan... ach, ich schäme mich... ich streckte die Beine aus, ich spreizte sie, soweit ich konnte,

warf mich hin und her. Ohne es zu wissen, nahm ich die unzüchtigsten Stellungen ein.
Der Stoffbezug des Diwans war sehr kalt; dadurch hatte ich ein angenehmes Gefühl; ein wollüstiges Kitzeln überrieselte meinen ganzen Leib. Frei dehnte sich meine Brust in der lauen, von Düften geschwängerten Luft, die mich umgab. Welche süße, entzückende Wollust! Ich war in einer köstlichen Ekstase. Mir war's, als ergösse sich in mich ein neues Leben, als wäre ich stärker, größer, als söge ich einen göttlichen Odem ein, als erblühte ich unter den Strahlen eines schöneren Himmels.
Alcide: Du bist poetisch, Fanny.
Fanny: Oh, ich übertreibe nicht. Ich beschreibe nur ganz genau meine Gefühle. Wohlgefällig betrachteten meine Augen meinen Körper, meine Hände glitten über meinen Hals, über meinen Busen, über meinen Leib. Zwischen den Schenkeln verweilten sie, und ich versank unwillkürlich in tiefes Träumen. Die Worte »Liebe«, »Geliebter«, deren Sinn ich gar nicht verstand, schwebten mir unaufhörlich vor.
Als ich aus meinen Träumen erwachte, war ich erstaunt, mich allein zu finden. Ich fühlte eine ungeheure Öde um mich herum; ich hatte vergessen, daß ich Verwandte, daß ich Freunde besaß.
Ich erhob mich und blickte traurig um mich.
So blieb ich eine Zeitlang in Gedanken versunken,

den Kopf melancholisch vornüber geneigt, die schlaff herabhängenden Hände ineinander gefaltet. Dann fing ich von neuem an, mich zu betasten, und ich fragte mich, ob denn nicht mein Körper zu irgendeinem Zweck da wäre.
Gefühlsmäßig begriff ich, daß mir irgend etwas fehlen müsse – irgend etwas, das ich nicht näher bezeichnen konnte, das ich aber wollte, das ich von ganzer Seele begehrte.
Ich muß wie eine Wahnsinnige ausgesehen haben, denn von Zeit zu Zeit lachte ich sinnlos laut auf; meine Arme öffneten sich, wie wenn sie den Gegenstand meiner Wünsche umschlingen wollten. Ja – ich umarmte mich selber. Ich mußte etwas Wirkliches, etwas Körperliches haben, das ich umfassen konnte, und in meinem unbewußten Sinnentaumel nahm ich mich selber. Ich preßte meine Arme um mich, und ich hatte das Gefühl, als ob ich einen anderen Menschen umschlänge.
Durch mein Fenster sah ich in der Ferne Baumwipfel und grüne Rasenflächen; ich hätte mich im Grase wälzen oder in die Lüfte über dem Blätterdach emporschweben mögen. Ich blickte zum Himmel, und es kam eine Sehnsucht in mir auf, mich in die Luft zu verflüchtigen, mich den Wolken, dem Äther, den Engeln zuzugesellen.
Vielleicht war ich dem Wahnsinn nahe: heiß klopfte das Blut gegen meine Schläfen.

Ganz außer mir, hatte ich mich wieder auf die Kissen des Diwans gestürzt. Eins derselben umschlang ich mit meinen Schenkeln, ein anderes preßte ich in meine Arme. Leidenschaftlich hielt ich es umfaßt; wild küßte ich es, ja, ich glaube sogar, ich lächelte ihm zu. Meine Sinnlichkeit hatte triumphiert, ich war wie trunken. Plötzlich erzitterte ich – ich hielt ein in meinem Spiel. Mir war, als zerflösse ich, als löste ich mich auf.
»O mein Gott!« schrie ich. Ein plötzlicher Schrekken erfaßte mich, und ich sprang auf.
Ich war ganz naß. Ich konnte nicht begreifen, was mir da passiert war, und glaubte, ich sei verwundet. Ich fürchtete mich, warf mich auf die Knie nieder und betete zu Gott, er möge mir verzeihen, falls ich unrecht getan habe.
Alcide: Du liebe kleine Unschuld! Hast du denn von dem Vorfall, der dich in solche Angst versetzte, mit keinem Menschen gesprochen?
Fanny: Nein, niemals! Das hätte ich nie gewagt. Bis vor einer Stunde war ich noch ganz unerfahren. Du erst hast mir die Lösung des Rätsels gegeben.
Alcide: O Fanny, dieses Geständnis hebt mich auf den Gipfel des Entzückens empor. Teure Freundin, empfange eine neue Probe meiner Liebe!... Gamiani, reize mich, rege mich auf, damit ich diese zarte Blüte mit Himmelstau beträufle.

Gamiani: Welches Feuer! Welche Glut! O Fanny, du bist ja schon ganz außer dir... Ach, sie genießt... sie genießt.

Fanny: Alcide, Alcide! Ich sterbe... ich...

Und die süße Wollust berauschte uns, versetzte sie und mich in den Himmel.

Nachdem ich meinen Sinnen einen Augenblick Ruhe gegönnt hatte, nahm auch ich das Wort und erzählte:

Ich bin von jungen und kräftigen Eltern gezeugt. Meine Kindheit war glücklich: Trübsal und Krankheiten kannte ich nicht. Und so war ich denn schon mit dreizehn Jahren zum Mann gereift, und die Stacheln des Fleisches machten sich lebhaft geltend.

Da ich zum geistlichen Stande bestimmt und nach den strengsten Vorschriften der Keuschheit erzogen war, bekämpfte ich mit aller Macht die ersten Begierden meiner Sinne. Mein Fleisch lehnte sich gebieterisch, machtvoll auf, empörte sich – ich aber kasteite es unbarmherzig.

So verdammte ich mich zum schärfsten Fasten. Nachts, während ich schlief, verschaffte die Natur sich Erleichterung; ich aber erschrak darüber, wie wenn ich mir eine sündhafte Ausschweifung hätte zuschulden kommen lassen. Ich verdoppelte meine Anstrengungen und paßte noch mehr auf, um alle finsteren Mächte von mir fernzuhalten.

Dieser beständige innere Kampf machte mich schließlich stumpf und halb blödsinnig. Meine erzwungene Enthaltsamkeit versetzte meine Sinne allmählich in eine Reizbarkeit, wie ich sie früher nie gekannt hatte.

Oftmals erlitt ich Schwindelanfälle. Ich hatte das Gefühl, als ob alles um mich herum sich drehte und schließlich ich selber mich mitdrehte. Wenn mein Blick zufällig ein junges Weib traf, war mir's, als strahlte es von Feuer und würfe elektrische Funken aus.

Dieser Zustand hatte mehrere Monate gedauert, da fühlte ich plötzlich eines Morgens in allen meinen Gliedern eine Art Krampf, eine heftige Spannung; dann hatte ich ein fürchterliches konvulsivisches Zucken wie bei einem epileptischen Anfall. Ich hatte Licht-Halluzinationen in einer Stärke wie noch nie zuvor: zuerst sah ich einen schwarzen Kreis sich mit ungeheurer Schnelligkeit vor mir drehen; er wurde größer und immer größer und schließlich unermeßlich groß: plötzlich brach ein funkelndes Licht aus dem Mittelpunkt des Kreises hervor, und alles wurde hell.

Ich sah einen endlosen Horizont, einen in Flammen stehenden Himmel, von tausend Raketen durchkreuzt; und alle diese Raketen fielen als ein Regen von Goldstücken, von funkelnden Saphiren, Smaragden und Rubinen wieder herab.

Das Feuer erlosch; ein Tageshimmel, der wie bläulicher Samt aussah, breitete sich über mir aus. Mir war, als schwämme ich in einem klaren weichen Licht, lieblich wie der blasse Widerschein des Mondes in einer schönen Sommernacht. Und auf einmal kamen aus der weitesten Ferne wie ein Schwarm goldener Schmetterlinge, wie aus Luft und Dunst gewoben, unzählige Myriaden von nackten Mädchen auf mich zu – blendenden Fleisches, durchscheinend wie Bildsäulen von Alabaster.

Ich stürzte meinen Sylphiden entgegen, aber sie entschwanden mit neckischem Lachen; ihre köstlichen Gruppen lösten sich für einen Augenblick im azurblauen Äther auf, dann erschienen sie wieder, noch leuchtender, noch fröhlicher. Reizende Blumensträuße köstlicher Gestalten, die mich mit boshaft lachenden Blicken ansahen.

Allmählich verschwanden diese jungen Mädchen; und es erschienen Frauen im Alter der Liebe, der zärtlichen Leidenschaften.

Einige von ihnen waren lebhaft, munter, mit feurigen Blicken, mit wogenden Brüsten; andere waren bleich und gingen vornübergebeugt wie Ossianische Jungfrauen. Ihre schmiegsamen, liebeatmenden Leiber waren von dünner Gaze umhüllt. Sie schienen vor Sehnsucht, vor Erwartung zu sterben; sie streckten mir ihre geöffneten Arme entgegen und flohen doch immer wieder, wenn ich mich hineinstürzen wollte.

Außer mir vor Erregung warf ich mich auf meinem Bett hin und her. Ich stützte mich auf Füße und Stirn, hob meinen Leib empor und schüttelte meinen glorreich aufgerichteten Priap. Ich sprach in den unzüchtigsten Worten von Liebe und Liebeslust. Erinnerungen an meine klassischen Studien mischten sich in meine Träume: ich sah Jupiter in Liebesglut, Juno, wie sie seinen Blitzstrahl lenkte. Ich sah den ganzen Olymp in brünstigem Taumel, in seltsamem Durcheinander. Und dann nahm ich an einer Orgie teil, an einem höllischen Bacchanal: in einer tiefen finsteren Höhle, die von mißduftenden, rotbrennenden Fackeln erleuchtet war, warfen blaue und grüne Flammen einen widerlich häßlichen Schein auf hundert Teufel mit Bocksgesichtern und lächerlich großen Zeugungsgliedern.

Die einen, prachtvoll bestückt, hatten sich auf eine Schaukel geschwungen, stürzten sich von dort auf eine Frau, drangen plötzlich mit der vollen Länge ihres Spießes in sie ein und verschafften ihr die entsetzlichen Zuckungen eines heftigen und unerwarteten Genusses. Andere Teufel von schalkhafterer Natur stellten eine prüde Dame auf den Kopf, und unter wildem Gekicher trieben sie mit einem Rammbock einen gewaltigen feurigen Priap in sie

hinein – hämmerten ihr in ihrem Mutwillen ein Unmaß von Wollust in den Leib.
Die Boshaftesten dieser Bande hatten eine Messalina an Händen und Füßen gebunden und ergingen sich vor ihren Augen in den lüsternsten, unzüchtigsten Ausschweifungen. Rasend, schäumend vor Gier krümmte sich das arme Weib im Verlangen nach dem Liebesgenuß, der ihr teuflisch versagt wurde.
Tausend kleine Teufelchen, von denen einer häßlicher, zappeliger oder kriecherischer als der andere war, rannten auseinander und wieder zusammen, lutschten, kniffen, bissen, tanzten im Reigen, verquirlten sich. Überall war Lachen, Lärmen, Rasen, Zucken, Schreien, Seufzen, Ohnmachtsanfälle vor Geilheit.
Ganz nackt lag eine Nonne auf dem Boden ausgestreckt, das Auge zur Wölbung der Höhle emporgewandt. Sie empfing in frommer Inbrunst die weiße Hostie, die ihr auf der Spitze eines stattlichen Weihwedels ein großer Teufel mit Stab und umgestülpter Mitra reichte. Etwas weiter hinten ließ sich eine Teufelin die Stirn mit Lebenssaft taufen, während eine andere, die eine Sterbende darstellte, verschwenderische Mengen der heiligen Wegzehrung erhielt.
Ein Oberteufel wurde von vier gewöhnlichen Teufeln auf den Schultern getragen; er paradierte mit

seiner erotosatanischen Kraft und verspritzte alle Augenblicke Ströme heiliger Säfte. Jeder warf sich zu Boden, wenn er vorüberzog. Es war die Prozession des heiligen Sakraments.

Plötzlich aber schlägt es Eins; da fassen alle diese Teufel sich bei der Hand und bilden einen riesigen Reigen.

Der Reigen beginnt sich zu drehen, sie steigen in die Luft, zucken wie Blitze.

Die Schwächsten aber werden in diesem sinnlos galoppierenden Gewirbel nach unten gerissen. Ihr Sturz läßt auch die anderen purzeln. Es entsteht eine entsetzliche Verwirrung, ein grauenerregendes Durcheinander grotesker Verrenkungen, gräßlicher Kopulationen... ein Chaos zerschundener, von wüster Begierde befleckter Leiber – bis endlich ein dichter Qualm diesen Spuk verhüllt.

Gamiani: Sie wissen Ihre Erzählung wundervoll auszuschmücken, Alcide. Ihr Traum könnte in einem Buch stehen.

Alcide: O... wir müssen ja doch die Nacht hinbringen. Aber hören Sie weiter: was jetzt kommt, ist reine Wirklichkeit:

Als ich von diesem entsetzlichen Fieberanfall wieder zu mir kam, hatte sich das Gefühl der Schwere im Kopf gemindert; aber ich fühlte mich matter. An meinem Bett saßen drei Weiber; alle drei waren noch jung und trugen als Kleidung nur ein weißes Nachtgewand. Ich glaubte immer noch im Fieberwahn zu liegen, aber mir wurde erzählt, mein Arzt habe die Ursache meiner Krankheit erkannt und beschlossen, mir dafür das einzige wirksame Heilmittel zu verordnen.

Ich griff nach einer weißen weichen Hand, die ich mit Küssen bedeckte. Zwei frische rote Lippen preßten sich auf meinen Mund. Diese wonnige Berührung elektrisierte mich; ich glühte vor Liebe in wahnsinniger Glut.

»O schöne Freundinnen«, rief ich, »ich will glücklich sein bis zum Übermaß; ich will in euren Armen sterben. Teilt meine Entzückungen, meinen Liebestaumel!

Ich werfe die Decke ab, reiße mir das Hemd vom Leibe und strecke mich auf meinem Bett aus. Ein Kissen wird mir unters Gesäß geschoben und bringt mich in die vorteilhafteste Stellung. Stolz, glorreich steht mein Priap empor.

Und ich rufe:

»Du reizende Schwarze mit den festen weißen Brüsten, setz dich unten aufs Bett, strecke deine Beine neben meinen aus. Gut so! Setze meine Fußsohlen an deinen Busen. Kitzle sie sanft mit deinen hübschen Liebesknospen. Entzückend! Ach, du bist köstlich. – Und du, meine Blonde mit den blauen Augen, komm heran! Du sollst meine Königin sein. Setze dich rittlings auf den Thron. Nimm in die Hand das glühendheiße Zepter, stoß es tief, stoß es ganz in dein wonniges Zauberreich hinein!... O! Nicht so schnell... warte doch! Mach es langsam, taktmäßig wie ein Reiter, der gemächlich dahintrabt. Laß die Wonne so lange dauern wie nur irgend möglich... Und du, meine schöne Große mit der entzückenden Fülle der Formen, spreize die Schenkel, hier über meinem Kopf!... Wundervoll! Du errätst meine Absicht. Spreize die Schenkel recht weit auseinander – noch weiter! Mein Auge muß deine ganze Schönheit schauen können, mein Mund dich glühend küssen, meine Zunge dich liebkosen, in dich eindringen können... Aber warum sitzest du so steif aufrecht? Beuge dich doch vorwärts, damit die andere deine Brüste küssen kann!«

»Komm! komm!« rief die Schwarze ihr zu, indem sie ihr die bewegliche Zunge zeigte, die spitz war wie ein venezianischer Dolch. »Komm! Laß mich deine Augen, deinen Mund mit meinen Küssen verzehren. So lieb ich dich! O du Wollüstige!... Gib deine Hand! Da! So! Vorwärts! Aber sanft! sachte!...«

Und alle drei bewegen sie sich, rutschen hin und her, reizen sich zu immer heißerer Wollust an.

Ich verschlinge diese reizvolle Szene mit den Augen, genieße die wollüstigen Bewegungen, diese

Gruppe sinnlicher Selbstvergessenheit. Schreie, Seufzer werden laut, verschmelzen ineinander. Ein glühender Strom fließt durch meine Adern. Ich zittere am ganzen Leib. Meine Hände greifen in heiße Brüste oder wühlen krampfhaft in noch geheimeren Reizen.

Meine Finger werden müde – meine Lippen lösen sie ab. Gierig sauge ich – nage, beiße! Ich höre es schreien, ich solle einhalten, ich würde sie töten – aber ich sauge, ich beiße mit verdoppelter Gier. – Diese Ausschweifung gab meinen Kräften den Rest. Schwer sank mein Kopf zurück. Ich konnte nicht mehr.

»Genug! genug!« rief ich. »O meine Füße! Welch wollüstiges Kitzeln! Aber du tust mir weh – meine Füße krampfen sich zusammen – ich – oh...«

Ich fühlte das Delirium der Liebeswonne zum dritten Male sich nahen. Wütend stieß ich von unten zu. Meine drei Schönen verloren gleichzeitig das Gleichgewicht – und die Besinnung. Ohnmächtig seufzend sanken sie in meine Arme, und mich überströmte ihr Liebessaft.

Himmelswonnen! Oder Höllenwonnen? Es überströmte mich wie ein unendlicher Glutstrom.

Gamiani: Welche Wonnen hast du genossen, Alcide! O ich beneide dich darum!... Und du, Fanny?... Die Stumpfsinnige! Ich glaube gar, sie schläft!

Fanny: Laß mich, Gamiani! Weg mit deiner Hand! Du drückst mich. Ich bin ganz hin... tot... Was für eine Nacht, o mein Gott!... laß uns schlafen... ich...

Das arme Kind gähnte, drehte sich um und kroch an der äußersten Bettkante ganz in sich zusammen.

Ich wollte sie an mich ziehen, aber die Gräfin sagte:

»Nein, nein! Ich begreife, wie ihr zumute ist. Aber ich... ich bin von ganz anderer Natur als sie. Mich verzehrt, mich foltert eine Aufregung, ein Drang... o ich möchte mich zu Tode lieben!... Die Berührungen eurer beiden Leiber, eure Erzählungen, die wollüstigen Spiele, die wir getrieben haben... dies alles bringt mich außer mir, daß ich nicht mehr weiß, was ich tue... In meinen Gedanken tobt die ganze Hölle, Feuer strömt mir durch die Glieder... Aber, o Schmerz, ich weiß nichts Neues mehr zu ersinnen!

Alcide: Was machen Sie denn, Gamiani? Sie springen aus dem Bett?

Gamiani: Ich kann's nicht mehr aushalten – ich verbrenne! Ich möchte... Aber so besorg's mir doch endlich!... Drücke mich... schlage mich... O! nicht genießen können!

Die Gräfin knirschte mit den Zähnen, furchtbar rollten ihre Augen. Ein Krampf schüttelte alle ihre Glieder – es war entsetzlich anzusehen.
Fanny bekam Angst; erschrocken richtete sie sich im Bette auf. Ich selbst fürchtete eine Nervenschwäche.
Vergebens bedeckte ich mit meinen Küssen Gamianis geheimste Reize; meine Hände waren müde von den Liebkosungen, die sie ohne Unterlaß an die unbezähmbare Furie verschwendeten. Die Quellen ihrer Liebessäfte waren versiegt. Es kam wohl Blut, aber die Ekstase der Wollust wollte sich nicht einstellen...
Endlich sagte Gamiani:
»Laß nur... bleibt allein; schlaft!...«
Mit diesen Worten sprang sie aus dem Bett, öffnete eine Tür und verschwand.
»Was will sie denn nur, Fanny? Begreifst du etwas davon?«
»Psst, Alcide! Höre doch, welch ein Geschrei!«
»Sie bringt sich um!... O mein Gott, die Tür ist verschlossen!... Ah, sie ist in Julies Kammer. Wart... da über der Tür ist ein Glasfenster. Rück mit mir das Kanapee heran. So! jetzt zwei Stühle oben drauf. Komm, steig mit hinauf. Hier oben können wir alles sehen!«

Welch ein Anblick! Beim bleichen Schimmer eines flackernden Nachtlichtes sahen wir die Gräfin mit gräßlich verdrehten Augen, die Lippen mit Schaum bedeckt, die Schenkel mit Blut und Liebessaft besudelt, sich heulend auf einem großen Teppich von Katzenfellen[1] wälzen.

Mit unglaublicher Geschwindigkeit warf sie ihre Lenden auf dem Teppich hin und her. Von Zeit zu Zeit schleuderte sie die Beine in die Luft, so daß sie beinahe auf dem Kopf stand und wir ihren ganzen Rücken sahen. Dann sank sie mit gellendem Lachen wieder auf die Katzenfelle zurück. Plötzlich rief sie:

»Julie! Komm her! Vor meinen Augen dreht sich alles im Kreise! Wart, du verdammtes verrücktes Frauenzimmer – ich beiß dich!«

Julie war ebenfalls ganz nackt, aber strahlend von Kraft und strotzend von Gesundheit. Sie stürzte sich auf die Gräfin und band ihr erst die Hände, dann die Füße zusammen.

Die krampfhaften Zuckungen Gamianis waren jetzt auf ihrem Höhepunkt: ich bekam Angst, als ich sie so sah.

Julie aber tat, als ob gar nichts weiter los wäre.

1 Katzenfelle sind ein bekanntes, sehr wirksames Liebesreizmittel – ohne Zweifel wegen der großen Menge von Elektrizität, die sie enthalten. Die Weiber von Lesbos bedienten sich ihrer stets bei ihren Saturnalien.

Wie eine Besessene tanzte und sprang sie um ihre Herrin herum; dabei befeuerten ihre geschäftigen Finger ihre Wollust immer mehr und mehr, bis ihr schließlich die Sinne schwanden und sie sich in einen großen Lehnstuhl warf.
Die Blicke der Gräfin waren allen ihren Bewegungen gefolgt. Das ohnmächtige Gefühl, daß sie sich nicht dieselbe trunkene Wollust verschaffen konnte, verdoppelte noch ihre Wut. Sie war ein weiblicher Prometheus, der von hundert Geiern zugleich zerfleischt wurde. Auf einmal hörte ich sie schreien:
»Medor! Medor! Mach mir's!«
Sofort stürzte ein großer Hund aus einer Zimmerecke hervor und begann brünstig ihre Klitoris zu lecken, deren rote, glühende Spitze zwischen ihren Schenkeln hervordrang.
Ihre Wollust schien zugleich den Höhepunkt des Schmerzes zu erreichen, denn je eifriger die Bestie leckte, desto lauter stöhnte, schluchzte, schrie Gamiani. Plötzlich rief sie aus:
»Milch! Milch! O schnell! Milch!«
Ich wußte nicht, was dieser Schrei bedeutete, der fast wie ein Todesröcheln klang. Doch bald wurde es mir klar, denn Julie kam mit einem riesig großen Godemiché, der mit heißer Milch gefüllt war, die man durch Druck auf eine Feder zehn Schritte weit hinausspritzen lassen konnte. Mittels zweier Rie-

men schnallte sie sich das sinnreiche Instrument an der passendsten Stelle ihres Leibes an. Der reichstbegabte Hengst hätte es wohl kaum – an Dicke wenigstens – mit diesem stolzen Werkzeug aufnehmen können.

Ich hielt es für unmöglich, daß eine weibliche Scheide ein solches Ding aufnehmen könnte; aber zu meiner großen Überraschung genügten fünf oder sechs, allerdings sehr heftige Stöße, begleitet von spitzen, ohrenbetäubenden Schreien, um dieses Riesending spurlos verschwinden zu lassen. Die Gräfin litt wie eine arme Seele in der Hölle: krampfhaft starr, bewegungslos wie aus Marmor gemeißelt lag sie da. Man hätte sie mit Cassinis Kassandra[1] vergleichen können.

Julie bewegte sich mit vollendeter Geschicklichkeit auf und ab. Der Hund war natürlich dadurch seiner bisherigen Genüsse beraubt; er wußte jedoch Ersatz zu finden, denn unverzüglich stürzte er sich auf die stramme Julie, zwischen deren heftig stoßenden halbgeöffneten Schenkeln ein köstliches Kleinod zu sehen war. Dieses bearbeitete Medor so eifrig und inbrünstig, daß Julie plötzlich vor Wollust nicht weiter konnte und mit ihren Stößen aufhörte.

1 Diese Statue, die Kassandra darstellt, wie sie von den Kriegern des Ajax vergewaltigt wird, ist bemerkenswert durch ihren Ausdruck unsäglichen Schmerzes.

Der Genuß, den eine Hundezunge verschafft, muß ungeheuer groß sein, denn es gibt keinen zweiten, der sich so intensiv in den Gesichtszügen eines Weibes ausspricht. Der Gräfin war diese Unterbrechung äußerst unangenehm, denn nur ihre Schmerzen wurden dadurch verlängert, der Augenblick des höchsten Genusses aber hinausgeschoben. Sie fluchte und schimpfte deshalb auf ihre Zofe mit den Ausdrücken einer Gassendirne.
Hierdurch wurde Julie wieder an ihre Pflicht erinnert, und sie setzte ihre Arbeit mit verstärkten Kräften fort. Plötzlich bäumte die Gräfin sich wild empor, schloß die Augen, riß den Mund auf – Julie begriff, daß der rechte Augenblick gekommen war, und ihr Finger ließ den Federmechanismus des Godemichés spielen. Gamiani aber stammelte:
»Ach!... Oh!... halt... ich zerfließe... oh, wie das weh tut... oh, wie das süß ist... ich genieße... aaah...«

Höllische Geilheit!
Ich hatte nicht mehr die Kraft, mich vom Fleck zu rühren. Meine Vernunft war dahin, meine Blicke hafteten wie gebannt an dieser Szene höchster Wollust.
Der Anblick dieser wilden Verzückungen, dieser brutalsten Befriedigung der Sinne machte mich

schwindlig. Ich fühlte nichts mehr als das wilde Pulsieren meines Blutes – ich selber war ganz und gar nur noch blinde wollüstige Gier. Ich war brünstig wie ein Vieh.
Auch Fannys Gesicht war merkwürdig verändert. Stier sah sie vor sich hin – ihre Arme umklammerten mich krampfhaft. Ihre Lippen waren geöffnet, ihre Zähne fest aufeinandergepreßt – auch sie war wahnsinnig vor fleischlicher Begierde, vor einem wütenden Liebesverlangen, das nach der schrankenlosesten Wollust schreit. Plötzlich lagen wir auf dem Bett und verschlangen uns wie wilde Tiere. Unsere Leiber waren aufeinandergepreßt, rieben sich, elektrisierten sich gegenseitig in krampfhaften Umschlingungen: schreiend, beißend vermählten wir unser Fleisch. Es war ein blitzschneller tierischer Genuß – aber unser Blut erheischte gebieterisch diese Befriedigung.
Endlich machte der Schlaf unserer Liebeswut ein Ende.

Nach einer fünfstündigen, unendlich wohltuenden Ruhe erwachte ich zuerst.
Schon glänzte die Sonne in voller Pracht am Himmel. Fröhlich drangen ihre Strahlen durch die Vorhänge des Gemaches und warfen goldene Lichter auf die bunten Teppiche, auf die glatten seidenen Bezüge der Möbel.

Dieses wundervolle, farbenverklärte und poetische Erwachen nach einer Nacht schmutziger Ausschweifungen gab mich mir selber zurück. Mir war, als sei mir ein entsetzlicher Alpdruck von der Brust genommen. Und an meiner Seite in meinen Armen atmete leise ein sanft bewegter Busen, ein Busen wie von Lilien und Rosen, ein Busen so jung, so zart, so rein, daß ich mich scheute, ihn nur mit meinen Lippen zu berühren, wie wenn er von dem bloßen Anhauch hätte verwelken können. Welch ein entzückendes Geschöpf war meine Fanny! Wie sie so halbnackt auf der breiten niedrigen Bettstatt lag, sah ich in ihr das Ideal meiner schönsten Träume verwirklicht.

Ihr Kopf ruhte anmutig auf dem schön gerundeten Arm; ihr Profil zeichnete sich lieblich und rein ab wie ein Raffaelsches Bild; ihr Leib war in allen seinen Einzelheiten – und auch in seiner Gesamtheit von geradezu wunderbarer Schönheit.

O welche Wollust, meine Blicke ungestört an dem Anblick aller dieser Reize sich weiden zu lassen! Und zugleich welch schmerzlicher Gedanke, daß die holde Jungfräulichkeit dieses fünfzehnjährigen Mädchens in einer einzigen kurzen Nacht auf ewig zerstört war!

Ihre Frische, ihre Anmut, ihre Jugend – unsere Orgie hatte alles befleckt, alles besudelt, alles in Unflat und Schmutz gezogen.

Diese bis dahin so naive, so zarte Seele, diese Seele, die bisher von Engelshänden sanft gewiegt worden war – sie war jetzt ein Spielball unreiner Geister. Sie konnte keine Illusionen mehr haben, konnte sich nicht mehr in Träumen wiegen – für sie gab es keine erste Liebe mehr, keine holden Überraschungen. Das ganze poetische Seelenleben einer Jungfrau war unwiederbringlich dahin.

Mit einem Lächeln auf den Lippen erwachte das arme Kind. Sie glaubte ihre gewohnten, unschuldigen Morgengedanken wiederzufinden. Aber ach – mich sah sie! Sie lag nicht in ihrem eigenen Bett, sie befand sich in einem fremden Zimmer.

O wie schnitten ihre traurigen Klagen mir ins Herz. Vor Tränen konnte sie bald nicht weitersprechen. Bewegt sah ich sie an. Ich schämte mich meiner selbst.

Fest schlang ich sie in meine Arme und küßte ihr unersättlich, unersättlich jede einzelne Träne von den Wangen.

Von Sinnenlust war nicht mehr die Rede. Nur meine Seele ergoß sich ganz und gar. Meine Zunge, meine Augen redeten die Sprache heißer, innigster Liebe.

Wortlos vor Erstaunen, vor Entzücken hörte Fanny mir zu. Sie sog meinen Odem, meine Blicke in sich ein.

Zuweilen preßte sie mich plötzlich an sich, wie wenn sie sagen wollte: »O ja! Noch bin ich dein – ganz, ganz dein!«
Wie sie mir in vertrauensseliger Unschuld ihren Leib hingegeben hatte, so gab sie mir jetzt ihre vertrauende Seele im Rausch der Liebe. Ich fand diese ihre Seele in einem Kuß, den ihre Lippen mir gaben – ich gab ihr dafür meine eigene Seele zurück. Wir waren im Himmel – weiter wußten wir nichts.

Endlich standen wir auf.
Ich wollte mich nicht entfernen, ohne mich noch nach der Gräfin umzusehen. In einer unzüchtigen, gemeinen Stellung lag sie im Schlaf über Julies Bett hingeworfen. Ihr Gesicht war verstört, ihr Leib beschmutzt, besudelt. Wie ein betrunkenes Weib, das nackt in den Rinnstein gefallen ist, lag sie da im Pfuhl ihrer Wollust.
Da rief ich meiner Geliebten zu:
»O fort von hier Fanny!... Fort von dieser Stätte der Gemeinheit!«

Die zweite Nacht

Fanny war noch jung und unschuldigen Herzens. Ich glaubte daher, sie würde an Gamiani nur mit Entsetzen und Abscheu zurückdenken. Ich überhäufte sie mit Liebe und Zärtlichkeit und erwies ihr verschwenderisch die süßesten und berauschendsten Liebkosungen. Zuweilen tötete ich sie fast in wollüstigen Entzückungen, in der Hoffnung, sie würde fortan von keiner anderen Leidenschaft mehr wissen wollen als von jener natürlichen, die die beiden Geschlechter in den Wonnen der Sinne und der Seele vereint. Aber ach! ich täuschte mich. Fannys Phantasie war geweckt worden – und zur Höhe dieser Phantasie vermochten alle unsere Liebesfreuden sich nicht zu erheben. Nichts kam in Fannys Augen den Verzückungen ihrer Freundin gleich. Unsere glorreichsten Liebestaten schienen ihr kalte Liebkosungen im Vergleich mit den wilden Rasereien, die sie in jener verhängnisvollen Nacht kennengelernt hatte.
Sie hatte mir geschworen, Gamiani niemals wiedersehen zu wollen; aber ihr Eid vermochte nicht den Wunsch zu ersticken, den sie im Geheimen

hegte. Vergebens kämpfte sie dagegen an; der innere Kampf regte sie nur immer mehr auf. Bald sah ich ein, daß sie ihrer Leidenschaft nicht würde widerstehen können. Ich hatte ihr Vertrauen verloren und war gezwungen, mich zu verstecken, um sie zu beobachten.
Durch eine geschickt angebrachte Öffnung konnte ich sie jeden Abend sehen, wenn sie zu Bett ging. Die Unglückliche! Oft sah ich sie weinend sich auf den Diwan werfen, sich verzweifelt hin und her wälzen, plötzlich ihre Kleider sich vom Leibe reißen, ihr Hemd zerfetzen und sich mit weit aufgerissenen Wahnsinnsaugen vor einen Spiegel stellen. Sie streichelte ihre Haut, sie schlug ihren Leib, sie suchte mit sinnloser, brutaler Heftigkeit wollüstige Gefühle zu erregen. Zu heilen war sie nicht mehr; aber ich wollte sehen, wie weit das Delirium ihrer Sinne gehen würde.

Eines Abends war ich wieder auf meinem Posten; Fanny war im Begriff, zu Bett zu gehen, da hörte ich sie plötzlich rufen.
Fanny: Wer ist da? Sind Sie's, Angélique?... Gamiani! O Frau Gräfin, niemals hätte ich...
Gamiani: Ei ja, du fliehst vor mir, du stößt mich zurück. So mußte ich zu einer List meine Zuflucht nehmen. Ich habe durch falsche Vorspiegelungen alle deine Leute entfernt – und hier bin ich.

Fanny: Ich kann Sie nicht begreifen, noch weniger vermag ich Ihre hartnäckige Verfolgung mit dem richtigen Namen zu bezeichnen. Es ist wahr – ich habe geheimgehalten, was ich von Ihnen wußte; aber meine formelle Weigerung, Sie bei mir zu empfangen, mußte Ihnen doch deutlich genug sagen, daß Ihre Gegenwart mir lästig, ja widerwärtig ist. Ich verabscheue Sie. Um Gottes willen, lassen Sie mich in Ruhe. Gehen Sie, damit es nicht zu einem Skandal kommt!

Gamiani: Meine Maßregeln sind getroffen, mein Entschluß steht fest. Du wirst ihn nicht umstoßen, Fanny. Ah! meine Geduld war erschöpft!

Fanny: Nun? Was wollen Sie denn? Mich noch einmal vergewaltigen, notzüchtigen, besudeln? O nein, Frau Gräfin!... Entfernen Sie sich, oder ich rufe meine Leute.

Gamiani: Kind, wir sind allein! Die Türen sind verschlossen; die Schlüssel hab' ich zum Fenster hinausgeworfen. Du bist mein!... Aber beruhige dich, sei ohne Furcht!

Fanny: Bei Gott im Himmel! Rühren Sie mich nicht an!

Gamiani: Fanny – jeder Widerstand ist vergeblich. Du mußt auf alle Fälle unterliegen – ich bin stärker als du, und mich beseelt die heißeste Leidenschaft. Auch ein Mann würde mich nicht besiegen. Also... o mein Gott! sie erbleicht... sie zittert...

Mein Gott! Fanny, meine Fanny! Ihr wird übel! O was hab' ich getan! Komm zu dir – komm doch zu dir! Sei nicht böse, wenn ich dich so an mich presse – ich tu's aus Liebe. O wie lieb ich dich, du mein Leben, du meine Seele! Kannst du mich denn gar nicht verstehen? Sag', ich bin doch nicht böse! Meine Kleine! Mein Herzblatt! Nein, ich bin gut. O! so sehr gut – denn ich liebe dich ja. Sieh mir in die Augen! Fühle, wie mein Herz schlägt. Für dich schlägt's, für dich allein! Ich will ja nichts weiter, als daß du in meinen Armen Seligkeit, wonnigen Rausch findest. Komm doch zu dir! Laß meine Küsse dich erwecken. O, ich vergöttere dich, abgöttisch bis zum Wahnsinn bete ich dich an, süßes Kind...

Fanny: Sie töten mich! Mein Gott, lassen Sie mich doch endlich los! Sie sind abscheulich!

Gamiani: Abscheulich? Abscheulich? Wie kann ich dir solchen Abscheu einflößen! Bin ich denn nicht noch jung? Bin ich nicht auch schön? Überall sagt man's mir. Und mein Herz? Gibt's ein Herz, das so zu lieben weiß? Ist denn dies Feuer, das mich verbrennt, das mich verzehrt, dieses glühende Feuer Italiens, das meine Sinne vervielfältigt und mich triumphieren läßt, wo alle anderen unterliegen – ist dieses Feuer wirklich so etwas Abscheuliches? Sprich! Was ist ein Mann, ein Geliebter im Vergleich mit mir! Zwei oder drei Liebeskämpfe, und er liegt matt auf dem Rücken; nach dem vierten stößt er ein impotentes Röcheln aus, seine Glieder zucken in Krämpfen, 's ist jämmerlich! Aber ich – ich bleibe stark, ungebändigt, lustzitternd. Ja! Ich bin die verkörperte heiße Liebesbrunst des Fleisches. Unerbittlich in meiner Wollust gebe ich die Wonne ohne Ende; ich bin die Liebe, die der Tod ist!

Fanny: Halten Sie ein, Gamiani! Halten Sie ein!

Gamiani: Nein, nein! Höre mich weiter! Höre mich, Fanny! Nackt sich in den Armen liegen – zwei Freundinnen, jung, schön, lieblich, duftend, von Liebe glühend, vor Wonne zitternd, sich berühren, sich verschlingen, Leiber und Seelen in einem Seufzer, in einem einzigen Laut, in einem Aufschrei der Liebe vereinigen – das, Fanny, Fanny – das ist Himmelswonne.

Fanny: Diese Worte – diese Blicke! Und ich – ich höre Ihnen zu, ich blicke Sie an! – O haben Sie Erbarmen mit mir! Ich bin so schwach... Sie bezaubern mich... Was für eine Zauberkraft hast du denn an dir? Ich fühle dich in meinem Fleisch... ich fühle dich in meinen Knochen... Du bist ein Gift. O! Ja, du bist entsetzlich, und... und... ich liebe dich!

Gamiani: »Ich liebe dich... ich liebe dich!« O, sag's noch einmal, noch einmal, dieses Wort! Dieses Wort... brennt!

Bleich, unbeweglich, mit weit geöffneten Augen, mit gefalteten Händen, lag Gamiani vor Fanny auf den Knien. Sie sah aus, als habe ein Gott sie plötzlich berührt und in Marmor verwandelt. Sie sah wundervoll aus in ihrer Zerknirschung, in ihrer Verzückung.

Fanny: Ja! Ja! Ich liebe dich mit allen Kräften meines Leibes! Ich will dich haben! Ich begehre dich! O – ich werde noch den Verstand um dich verlieren.

Gamiani: Was sagst du, Herzgeliebte? Was sagst du?... Wie bin ich glücklich! Deine Haare sind schön... Wie weich sie sind! Fein, goldig. Wie Seide gleiten sie mir durch die Finger. Wie rein ist deine Stirn... Weißer als eine Lilie. Deine Augen sind schön; dein Mund ist schön. Du bist weiß, atlasweich, duftend, himmlisch vom Kopf bis zu den Füßen. Du bist ein Engel, du bist die Wollust. O, diese Schleifen, diese Bänder... sei doch nackt! Schnell zu mir! Ich, ich, ich bin schon nackt! Ah! So! so! Wundervoll! Blendend! Bleib stehen, daß ich dich bewundere. Wenn ich dich malen könnte! Wenn ich mit einem einzigen Zuge dich zeichnen könnte! Wart... ich will dir die Füße küssen... die Knie, den Busen, den Mund. Umarme mich. Drück mich an dich! Stärker! O welche Wonne, welche Lust!... Sie liebt mich!

Die beiden Leiber waren zu einem verschlungen. Nur die Köpfe hielten die beiden Schönen voneinander ab, um sich mit einem entzückenden Lächeln des Glückes bewundern zu können. Aus ihren Augen brachen Blitze, ihre Wangen glühten feuerrot. Ihre Lippen bebten und küßten sich dann wieder in stürmischer Glut. Ich hörte einen Seufzer verhauchen, dem ein Seufzer antwortete. Dann hörte ich einen erstickten Schrei, und regungslos hielten sie sich umschlungen.

Fanny: Ich war glücklich – sehr glücklich.

Gamiani: Ich auch, meine süße Fanny. Und es war ein Glück, wie ich's nie zuvor gekannt. Unsere Seelen und unsere Sinne waren vereint auf deinen Lippen... Und nun, in dein Bett! Diese Nacht wollen wir uns in Liebe berauschen!

Eng umschlungen eilen sie nach dem Alkoven. Fanny wirft sich aufs Bett, streckt wollüstig ihre schönen Glieder aus. Gamiani kniet vor dem Bett auf einem Teppich, zieht Fanny an ihren Busen und umschlingt sie mit ihren Armen.

Schweigend, schmachtend sieht sie sie an. Bald beginnen ihre Liebesspiele von neuem. Kuß folgt auf Kuß, geschäftig eilen die kundigen Hände hin und her. Aus Fannys Augen spricht Sehnsucht und Erwartung; Gamianis Blicke aber verraten die Trunkenheit ihrer Sinne. Vom Feuer der Wollust belebt, gerötet, scheinen die beiden schönen Leiber zu funkeln. Diese in Wollust und Leidenschaft rasenden Furien umgeben ihre Ausschweifung mit einem gewissen poetischen Zauber; ihr Anblick erregt die Sinne und zugleich die Phantasie. Vergebens rief ich meine Vernunft zu Hilfe – in wenigen Augenblicken war auch ich von meinen Begierden völlig unterjocht. Keine Möglichkeit, mich in die Liebesspiele dieser beiden nackten Schönen einzumischen! Und so glich ich dem brünstigen wilden Tier, das mit glühenden Blicken sein Weibchen verfolgt, von dem es durch die Gitterstäbe des Käfigs getrennt ist. Wie betäubt stand ich stumpfsinnig da, den Kopf an das Loch gepreßt, durch das meine Augen wahre Folterqualen einsogen – eine wahre Todesmarter, die im Kopf ihren Anfang nimmt, dann ins Blut, dann in die Knochen eindringt – bis ins Mark. Ich fühlte unerträgliche Qualen. Mir war, als könnten meine Nerven die Spannung nicht mehr aushalten – als müßten sie zerreißen. Meine Finger krallten sich in das Holzwerk der Tür ein. Ich konnte keine Luft mehr bekommen, der Schaum stand mir vor dem Mund. Mir schwand die Besinnung. Ich raste. Da packte ich zu; zwischen meinen Fingern bäumte sich meine Manneskraft – ein kurzes Zittern, und in glühendem Strahl, wie ein brennender Tau spritzte mein Leben. Befremdlicher Genuß, der schwächt, vernichtet, niederwirft. –

Als ich wieder zu mir kam, fühlte ich mich kraftlos. Die Augenlider waren mir schwer. Kaum vermochte ich den Kopf hoch zu halten. Ich wollte meinen Beobachtungsposten verlassen; da hörte ich Fanny seufzen, und ich blieb. Ich war dem Teufel des Fleisches verfallen. Während meine Hände sich abmühten, meine erloschene Kraft neu zu beleben, verfolgte ich mit brennenden, schmerzenden Augen die Szene, die mich in eine so fürchterliche Aufregung versetzt hatte.

Die Stellungen hatten sich geändert. Meine beiden Tribaden lagen jetzt mit verschlungenen Beinen aufeinander; sie rieben ihre dichten Vliese gegeneinander. Ihre Angriffe und Stöße wechselten sich mit einer Schnelligkeit, wie es nur möglich ist, wenn zwei Weiber sich dem Augenblick der höchsten Wonne nähern. Sie stießen mit einer Kraft, mit einer keuchenden Anstrengung, als wollten sie sich töten, vernichten.

»O, ach!« schrie Fanny; »ich kann nicht mehr! Ich bin tot. Mach allein weiter!«

»Nein! Noch mehr! Immer noch mehr!« antwortete Gamiani. »Der Augenblick des Glückes ist da! Drück doch gegen! Drücke!«

»Ich glaube, mir geht die Haut vom Leibe! Ah... jetzt... jetzt fühl ich's... ich zerfließe... Aah!...«

Fannys Kopf sank kraftlos zurück. Gamiani aber biß in die Bettücher, kaute an den aufgelösten Haaren, die sie umwogten. Ich empfand jeden ihrer Stöße, jeden ihrer Seufzer; und gleichzeitig mit ihnen gelangte auch ich abermals auf den Gipfel des Glücks.

Fanny: Wie ich müde bin! Ganz zerschmettert!... Aber welche Wonne hab' ich genossen!

Gamiani: Je größer die Mühe, desto höher ist auch der Genuß, desto länger dauert er.

Fanny: Das hab' ich an mir erfahren. Länger als fünf Minuten befand ich mich in einem berauschenden Schwindel. Die Erregung zuckte durch alle meine Glieder. Das Reiben deines Vlieses an meiner zarten Haut erzeugte in mir ein wütendes Kribbeln. Ich wälzte mich in Feuer, in Wollust. O Raserei, o Glück! Genießen! Jetzt versteh' ich dies Wort.

Aber eins erstaunt mich, Gamiani. Wie kommt es, daß du, so jung noch, solche Erfahrung in den sinnlichen Genüssen hast? Niemals wäre mir von all unseren Ausschweifungen auch nur eine einzige in den Sinn gekommen. Woher hast du deine Kenntnisse? Woher stammt deine Leidenschaft, die über mich triumphiert, die mich manchmal erschreckt? Die Natur erschafft uns doch nicht so?

Gamiani: Du willst mich also näher kennenlernen? Gut. Umschlinge mich mit deinen Armen, kreuze deine Beine mit den meinigen, drücke dich fest an mich. Ich will dir von meinem Klosterleben erzählen. Es ist eine Geschichte, die uns wohl zu Kopf steigen kann, die vielleicht neue Begierden in uns erweckt.

Fanny: Ich höre, Gamiani.

Gamiani: Du hast wohl noch nicht vergessen, welche fürchterliche Marter meine Tante mich erdulden ließ, um ihre Geilheit zu befriedigen. Als mir nach meiner Genesung die ganze Entsetzlichkeit ihrer schändlichen Aufführung zum Bewußtsein kam, bemächtigte ich mich ohne Zögern gewisser Papiere, die mir den Genuß meines Vermögens sicherstellten. Ich nahm auch Geld und Schmuck an mich und flüchtete damit, als eines Tages meine würdige Verwandte verreiste, in das Kloster der Schwestern vom »Herzen Jesu«. Die Oberin war sichtlich von meiner Jugendlichkeit und meinem schüchternen Wesen gerührt und nahm mich mit einer Herzlichkeit auf, vor welcher meine Verlegenheit und meine Angst bald verschwanden.

Ich erzählte ihr, wie es mir ergangen sei, und bat sie um eine Zufluchtsstätte und um ihren Schutz. Sie nahm mich in ihre Arme, preßte mich zärtlich ans Herz und nannte mich ihre Tochter. Dann sprach sie zu mir von dem stillen friedlichen Klosterleben, schürte meinen Haß gegen die Männer zu noch helleren Flammen und schloß endlich mit einer frommen Ermahnung, in der ich die Sprache einer göttlichen Seele zu hören glaubte. Damit ich den Übergang vom weltlichen Treiben zum Klosterleben nicht so hart verspüren möchte, wurde beschlossen, daß ich bei der Oberin selber bleiben und jede Nacht in ihrem Alkoven schlafen solle. Schon in der zweiten Nacht plauderten wir miteinander, wie wenn wir die besten Freundinnen von der Welt gewesen wären. Die Oberin warf sich fortwährend in ihrem Bett hin und her, sie klagte über Kälte und bat mich schließlich, in ihr Bett zu kommen, um sie zu wärmen. Ich fand sie vollständig nackt. »Man schläft besser ohne Hemd«, sagte sie. Zugleich forderte sie mich auf, auch mein Hemd auszuziehen, und um ihr gefällig zu sein, tat ich dies.

»O liebe Kleine«, rief sie, indem sie mich streichelte, »du bist ja ganz glühend heiß! Wie weich deine Haut ist! Die Barbaren! Wie konnten sie sich erfrechen, dich so furchtbar zu martern. Du hast gewiß entsetzliche Schmerzen gehabt. Erzähle mir doch, was sie mit dir gemacht haben! Sie haben dich geschlagen, nicht wahr?« Ich wiederholte ihr meine Geschichte mit allen Einzelheiten, von denen ich die, für die sie sich besonders zu interessieren schien, recht lebhaft ausmalte. Sie hörte mir mit so außerordentlichem Vergnügen zu, daß sie von Zeit zu Zeit am ganzen Leibe erzitterte. »Ar-

mes Kind! Armes Kind!« rief sie immer wieder, indem sie mich mit aller Kraft an sich preßte.
Ich weiß nicht, wie es kam – aber plötzlich lag ich auf ihr. Ihre Beine waren über meine Lenden gekreuzt, ihre Arme umschlangen mich. Eine wohlige Wärme durchdrang meinen ganzen Leib. Ich empfand ein bisher nie gekanntes köstliches Wohlgefühl, es war, wie wenn eine Art Liebessaft, weich wie Milch, sich durch meine Adern ergoß.
»Wie gut Sie sind! Wie gut Sie sind!« sagte ich zu der Oberin. »Ich liebe Sie! Ich bin glücklich bei Ihnen. Ich möchte mich niemals wieder von Ihnen trennen!« Mein Mund preßte sich auf ihre Lippen, und ich wiederholte in glühender Ekstase: »O ja, ja! Ich bin zum Sterben in Sie verliebt. Ich weiß nicht wie... aber ich fühle...«
Langsam liebkoste mich die Hand der Oberin. Leise bewegte sich ihr Leib unter dem meinigen. Ihre harten, dichten Schamhaare vermischten sich mit meinem Vlies, stachen in meine Haut und verursachten ein höllisches Jucken.
Ich war völlig außer mir, ein Schauer durchrann mich, daß mein ganzer Körper erzitterte.
Plötzlich – die Oberin gab mir einen unglaublich wollüstigen Kuß – hielt ich inne. »O mein Gott!« rief ich. »Lassen Sie mich...«
Ah! Niemals hat ein reichlicherer, ein köstlicherer Erguß ein Liebesspiel gekrönt!

Als meine Ekstase sich gelegt hatte, war ich keineswegs erschöpft. Mit verdoppelter Leidenschaft stürzte ich mich auf meine erfahrene Lehrmeisterin der Liebe; ich verzehrte sie mit Küssen; ich nahm ihre Hand und führte sie mit meiner eigenen an die Stelle, die sie so heftig erregt hatte. Beim Anblick dieser Leidenschaftlichkeit verlor auch die Oberin alle Selbstbeherrschung. Sie raste wie eine Bacchantin. Und nun wetteiferten wir in glühenden Küssen, in verliebten Bissen. Welche Gelenkigkeit, welche Geschmeidigkeit in den Gliedern hatte dieses Weib! Ihr Leib zog sich zusammen, streckte sich aus, warf sich hin und her, daß ich ganz betäubt davon war. Ich konnte nicht mehr mitkommen. Kaum hatte ich Zeit, ab und zu mit einem einzigen Kuß die unzähligen zu erwidern, die ich vom Kopf bis zu den Füßen auf jede Stelle meines Leibes empfing. Es war, wie wenn sie mich vor Liebe auffressen wollte. Diese unglaublich wollüstigen Berührungen versetzten mich in einen Zustand, den ich kaum beschreiben kann. O Fanny, wärst du doch Zeugin unserer Kämpfe, unserer Siege, unserer Niederlagen gewesen! Hättest du uns zwei in unserer keuchenden Liebesraserei gesehen, du hättest begriffen, wohin sinnliche Leidenschaft zwei verliebte Weiber bringen kann. Einmal befand sich mein Kopf zufällig zwischen den Schenkeln meiner Angreiferin. Ich glaubte,

ihre Wünsche zu erraten. Von Wollust fortgerissen, begann mein Mund, an ihrem zartesten Körperteil zu spielen. Aber so hatte sie es nicht gemeint. Schnell macht sie sich von mir los, gleitet unter mir hervor, spreizt mir schnell die Schenkel auseinander und greift mich unverzüglich mit ihrer Zunge an. Wie ein spitzer Dolch fährt diese schnell in mich hinein und wird ebenso schnell wieder herausgezogen. Dann schlägt sie plötzlich ihre Zähne in mein Fleisch, wie wenn sie mich zerreißen wollte. Vor wollüstigem Schmerz ganz bewußtlos, warf ich mich hin und her wie eine Besessene. Ich stieß den Kopf der Oberin zurück, ich riß sie an den Haaren. Endlich ließ sie los; und nun begann sie ein sanftes Züngeln, benetzte mich mit ihrem Speichel, knabberte an meinen Schamhaaren und an meiner Haut mit einer so zarten und zugleich so wollüstigen Raffiniertheit, daß ich bei der bloßen Rückerinnerung meinen Saft fließen fühle. – O was für Entzückungen berauschten mich! In welcher Raserei tobten meine Sinne!
Ich schrie laut, warf mich zurück, bäumte mich hoch auf – und immer, immer spürte ich die spitze Pfeilzunge, die glühend in mich eindrang. Zwei schmale, feste Lippen schlossen sich um meine Klitoris, preßten sich zusammen, sogen an ihr, daß ich glaubte, ich müßte den Geist aufgeben. Nein, Fanny! Ein solches Gefühl, einen solchen Genuß

kann man nur ein einziges Mal in seinem Leben haben. Diese Spannung meiner Nerven! Dieses Klopfen des Blutes in meinen Adern! Diese Glut in meinem Fleisch! Ich glühte, ich zerfloß und ich fühlte, wie ihr gieriger, unersättlicher Mund mir die Essenz meines Lebens aussaugte. Ich schwöre dir: ich war völlig ausgepumpt, und ich glaube, meine Schenkel sind von meinem Blut, von meinem Lebenssaft ganz überströmt gewesen.
Aber wie glücklich war ich auch! Fanny! Fanny! Ich halt's nicht mehr aus! Wenn ich von dieser Liebesraserei spreche, ist es mir, als fühlte ich noch immer diese beseligenden Zuckungen. Mache mich fertig!... Schneller!... Stärker!... Gut so... ah... gut... gut... so... jetzt ist genug... ich sterbe...

Fanny war ärger als eine ausgehungerte Wölfin.
»Genug! genug!« wiederholte Gamiani. »Du machst mich ja tot, du Teufelsmädchen! Ich hatte nicht geglaubt, daß du so geschickt, so leidenschaftlich bist. Ich sehe, du entwickelst dich. Als ob du ganz aus Feuer wärst!«
Fanny: Kann es denn anders sein? Man müßte ja kein Blut, kein Leben in sich haben, um in deinen Armen, zwischen deinen Schenkeln gefühllos zu bleiben... Was machtest du weiter?
Gamiani: Ich hatte von meiner Freundin gelernt.

Jetzt war die Reihe an mir; ich zahlte ihr ihre Liebkosungen mit Wucherzinsen zurück; ich liebte sie, küßte sie – genau so wie sie mich geküßt hatte – bis sie nicht mehr konnte.
Zimperliche Zurückhaltung gab's von nun an zwischen uns beiden nicht mehr, und bald erfuhr ich von meiner Freundin, daß die Schwestern vom »Herzen Jesu« sich untereinander einem Kultus der Sinnlichkeit hingaben, daß sie ein Haus besaßen, wo sie sich versammelten, um ihre Orgien zu feiern und sich nach Herzenslust gütlich zu tun. Dieser Hexensabbat begann unmittelbar nach dem Abendgebet und dauerte bis zur Frühmesse.
Die Oberin weihte mich auch in ihre Lebensauffassung ein, und diese erfüllte mich mit einem solchen Entsetzen, daß sie mir als eine eingefleischte Teufelin erschien. Sie beruhigte mich jedoch bald durch einige Scherze und besonders durch die höchst ergötzliche Geschichte von dem Verlust ihrer Jungfernschaft. Niemals würdest du erraten, wem dieses köstliche Kleinod zuteil geworden ist. Die Geschichte ist einzig in ihrer Art und verdient, erzählt zu werden.
Die Oberin – doch ich will sie lieber von jetzt an Santa nennen – also: Santa war die Tochter eines Schiffskapitäns. Ihre Mutter war eine kluge und vernünftige Frau und hatte sie nach den Grundsätzen der heiligen Religion erzogen.

Das verhinderte aber nicht, daß das Temperament der jungen Santa sich sehr frühzeitig entwickelte. Schon als zwölfjähriges Mädchen hatte sie unwiderstehliche Begierden, die sie mit allen möglichen Hilfsmitteln, auf die nur die bizarre Phantasie eines unwissenden Kindes verfallen kann, zu befriedigen suchte.

Das arme Mädchen bearbeitete sich jede Nacht, und es fehlte nicht viel, so wäre ihrem ach so unzulänglichen Fingerspiel ihre Jugend und Gesundheit zum Opfer gefallen. Eines Tages sah sie zwei Hunde sich begatten. Mit ihrer wollüstigen Neugier beobachtete sie den ganzen Vorgang und den Anteil des männlichen und des weiblichen Partners so genau, daß sie von nun an besser begriff, woran es ihr fehlte. Aber da sie nun wissend war, waren ihre Qualen nur um so größer.

Sie lebte in einem einsam gelegenen Hause, nur von alten Mägden umgeben und ohne jemals ein männliches Wesen zu sehen. Wie konnte sie da hoffen, jemals einen glühendroten, blitzschnell arbeitenden, belebten Pfeil zu finden, der sie mit solcher Bewunderung erfüllt hatte, daß sie fest überzeugt war, auch für die Frau müsse ein derartiges Werkzeug erschaffen worden sein? Diese Gedanken wollten ihr nicht mehr aus dem Kopf, und indem sie fortwährend über dasselbe Thema nachdachte, fiel ihr schließlich ein, daß von allen Geschöpfen der Affe die größte Ähnlichkeit mit dem Menschen hat. Nun besaß aber ihr Vater einen prachtvollen Orang-Utan. Sie schlich sich an dessen Käfig und sah ihn sich ganz genau an. Da sie hierzu ziemlich lange Zeit brauchte, wurde das Tier durch die Gegenwart des jungen Mädchens aufgeregt und entwickelte plötzlich die reiche Gabe, womit ihn Mutter Natur bedacht hatte. Santa frohlockte.

Endlich hatte sie gefunden, was sie jeden Tag gesucht, wovon sie jede Nacht geträumt hatte. Ihr Ideal stand als greifbare Wirklichkeit vor ihr. Und ihr Entzücken steigerte sich immer noch mehr, als sie das unnennbare Geschmeide zu einer Härte, zu einer drohenden Größe sich entwickeln sah, die ihre kühnsten Träume übertraf. Sie verschlang den Gegenstand ihrer Wünsche mit den Augen. Der Affe näherte sich den Eisenstangen seines Käfigs und nahm eine solche Stellung ein, daß er sich ihr in der vorteilhaftesten Weise präsentierte. Die gute Santa verlor nun alle Besinnung. Die Raserei ihrer Leidenschaft gab ihr übernatürliche Kräfte, und es gelang ihr, einen von den Eisenstäben zur Seite zu biegen.

Das geile Tier machte sich dies sofort zunutze. Eine Stange von mindestens acht Zoll Länge ragte aus dem Käfig hervor. Ein so unerwarteter Reichtum jagte unserer Jungfer anfangs ein bißchen

Angst ein. Aber der Teufel war hinter ihr her, und sie trat dicht an den Käfig heran, um sich das Ding aus der Nähe zu betrachten. Sie nahm es in die Hand, streichelte es. Der Affe zitterte vor Wollust, daß der ganze Käfig wackelte, und schnitt fürchterliche Grimassen dazu. Santa bekam wieder Angst; sie glaubte, es mit dem Satan in höchsteigener Person zu tun zu haben. In ihrer Furcht wagte sie es nicht, weiterzugehen. Schon wollte sie sich aus dem Staube machen, doch konnte sie sich nicht enthalten, noch einen Abschiedsblick auf das glühendrote Juwel zu werfen – und mit einem Male erwachten von neuem alle ihre Begierden. Da faßte sie plötzlich Mut; mit entschlossener Miene hob sie von hinten ihre Röcke hoch und bot sich rücklings dem furchtbaren Stachel dar. Der Kampf entspann sich, Stoß folgte auf Stoß – das Tier konnte es mit jedem Mann aufnehmen. Santa war sodomisiert, entjungfert, zur Äffin gemacht! Ihre Freude, ihr Entzücken entluden sich in hundertfach variiertem Ach und O! – Aber sie wurde dabei so laut, daß ihre Mutter sie hörte. Diese eilte herbei und fand ihre Tochter in der höchsten Verzückung sich krümmend, halbtot vor Wollust.

Fanny: Der Spaß ist unbezahlbar!

Gamiani: Um das junge Mädchen vor weiteren Betätigungen seiner Affenliebe zu bewahren, sperrte man es in ein Kloster.

Fanny: Hätte man sie doch lieber allen Affen der Welt überantwortet!

Gamiani: Da hast du ganz recht – mehr, als du wohl selber denkst...

Mein Temperament fand viel Gefallen an einem Leben voller Feste und Lüste. Ich war daher mit Freuden bereit, mich in die geheimnisvollen Saturnalien der Klosterschwestern einweihen zu lassen. Das versammelte Kapitel genehmigte meine Zulassung, und zwei Tage darauf wurde ich der Versammlung vorgestellt.

Ich erschien nackt – so wollte es die Vorschrift. Ich leistete den verlangten Eid und prostituierte mich zum Schluß der Zeremonie mit einem ungeheuren hölzernen Phallus, der zu diesem Zweck aufgestellt war. Kaum hatte ich dieses schmerzvolle Opfer vollbracht, so stürzte sich die ganze Nonnenbande wie eine Horde von Kannibalen über mich her. Ich fügte mich willig jeder geschlechtlichen Laune, ich nahm aus eigenem Antrieb die wollüstigsten Stellungen ein und gab zum Schlusse einen unanständigen Tanz zum Besten.

Durch einstimmigen Zuruf wurde ich zur Siegerin erklärt. Meine Kräfte waren völlig erschöpft. Dennoch schleppte mich eine muntere, aufgeweckte kleine Nonne in ihr Bett. Sie war noch raffinierter als die Oberin; ja, wahrhaftig, sie war die verdammteste Tribade, die jemals die Hölle hervorgebracht hat. Ich entbrannte in einer rasenden fleischlichen Leidenschaft für sie, und wir waren während der großen nächtlichen Orgien fast immer zusammen.

Fanny: Wo fanden denn eure Luperkalien statt?

Gamiani: In einem großen Saal, zu dessen Ausschmückung die feinste Kunst und das höchste Raffinement der Wollust aufgeboten worden waren. Die Eingänge zu diesem Saal bildeten zwei große Türen, die nach orientalischer Weise durch goldumsäumte und mit tausend bizarren Mustern bestickte, schwere Vorhänge geschlossen waren. Die Wände waren mit dunkelblauem Samt bespannt, den ein schön geschnitzter, breiter Rahmen aus Zitronenholz umgab. In gleichen Abständen befanden sich Spiegel, die von der Decke bis zum Fußboden reichten. Bei unseren Orgien spiegelten sich die Gruppen nackter, vor Geilheit rasender Nonnen in tausendfacher Gestalt wider oder hoben sich wirkungsvoll von dem dunklen Hintergrunde ab. Kein Stuhl befand sich in dem Saal, sondern nur Sofas und Polsterkissen, die ja auch für die Wettkämpfe der Wollust, für das Einnehmen von Stellungen, die die Sinnlichkeit entflammen mußten, viel besser geeignet waren. Ein feingemusterter, köstlich weicher, doppelter Teppich bedeckte den Fußboden. Man erblickte auf diesem Teppich, in zauberischer Farbenpracht dargestellt, zwanzig Liebesgruppen in lasziven Stellungen, die die erloschenen Begierden übersättigter Teilnehmerinnen an diesen Orgien bald wieder entflammen mußten. Auch die Zimmerdecke war mit Gemälden bedeckt, die nur die ausschweifendste geschlechtliche Phantasie hatte entwerfen können. Besonders erinnere ich mich an eine vor Liebeswonne rasenden Thyade, die von einem Korybanten vergewaltigt wurde. Niemals vermochte ich dieses Bild anzusehen, ohne entflammt zu werden.

Fanny: Es muß ein entzückendes Bild gewesen sein.

Gamiani: Zu all diesem verschwenderisch angebrachten Luxus der Einrichtung kamen noch die berauschenden Düfte aller möglichen Blumen und Wohlgerüche. Im Saale herrschte eine stets gleichmäßige laue Wärme; sechs Alabasterlampen strahlten ein zärtliches, geheimnisvolles Licht aus, das sanfter war als der Widerschein des Opals. Das Ganze machte auf die Seele einen seltsamen Eindruck, der sich in Worten kaum beschreiben läßt! Man empfand unruhige Sehnsucht, man versank in eine wohlige Träumerei der Sinne. Man war im Orient, man gab sich dem verführerischen Zauber eines morgenländischen Luxus, einer morgenländischen Poesie und schmachtender Wollust hin. Man dachte an die Mysterien des Harems, an seine geheimen Wonnen, an seine liebeatmende Lässigkeit.

Fanny: Welche Wonne muß es gewesen sein, an einem solchem Ort mit einer geliebten Freundin trunkene Nächte zu verbringen!

Gamiani: Gewiß hätte die Göttin der Liebe selber mit Wonne ihren Tempel dort aufgeschlagen, hätten nicht schmutzige, lärmende Orgien allmählich eine ekelhafte Lasterhöhle daraus gemacht.

Fanny: Wieso?

Gamiani: Mit dem Schlage der mitternächtlichen Stunde erschienen die Nonnen, nur mit einem einfachen schwarzen Hemd bekleidet, um das leuchtende weiße Fleisch noch mehr hervortreten zu lassen. Alle waren barfuß; ihre Haare hingen aufgelöst herab. Im Nu erschien ein glänzendes Mahl, das wie von Zauberhänden aufgetischt wurde. Die Oberin gab das Zeichen zum Beginnen, und jede tat sich nach Herzenslust gütlich. Einige saßen an der Tafel, andere hatten sich auf Polster gelagert. Ausgesuchte Leckerbissen, feurige, das Blut in Wallung bringende Weine wurden gierig verschlungen. Nach und nach belebten sich die von Ausschweifungen verwüsteten Gesichter, die im Tageslicht bleich und kalt aussahen. Die Dünste des Weines stiegen ihnen zu Kopfe, Kantharidenpräparate ließen Feuer durch ihre Adern strömen. Immer lauter wurde die Unterhaltung; sie schwoll zu einem wirren, tosenden Lärm an und endete stets in unzüchtigen Anträgen, in Aufreizungen zu neuem Liebestaumel, dem sich die Nonnen bei Gesang, Gelächter, Lärm und Gläserklingen überließen. Ihrer Sinne nicht mehr mächtig, fiel plötzlich irgendeine von ihnen über ihre Nachbarin her und gab ihr einen stürmischen Kuß. Dies war das Signal, das die ganze Bande elektrisierte. Die Liebespaare fanden sich zusammen, umschlangen sich, während in trunkenen Delirien Küsse schallten. Man hörte erstickte Seufzer, abgerissene Liebesworte, Schreie der Wollust, Röcheln der Erschöpfung. Bald waren die gierigen Lippen nicht mehr mit Mund und Wangen, mit nackten Brüsten und Schultern zufrieden. Die Kleider wurden emporgestreift oder zur Seite geworfen. Und nun begann ein wunderbares Schauspiel; alle diese geschmeidigen, anmutigen Frauenleiber zuckten in den raffiniertesten Stellungen, in den höchsten Verzükkungen abgefeimtester Buhlkünste. Blieben einmal die Kräfte hinter dem Antrieb der Begierden zurück, so trennten sich die Paare für einen Augenblick, um frischen Atem zu schöpfen. Man sah sich mit feurigen Blicken an, man wetteiferte in unzüchtigen Stellungen. Die Siegerin in diesem Wettkampf sah plötzlich ihre Gefährtin von neuem sich auf sie stürzen; ein Stoß, sie lag auf dem Rücken, unzählige Küsse bedeckten ihren ganzen Leib, eine flinke Zunge drang bis ins innerste Heiligtum der Liebeswonne vor, und mit gleicher Inbrunst wurde dieser Dienst von der Partnerin vergolten. Die beiden Köpfe verschwanden zwischen den Schenkeln; die beiden Leiber waren nur noch ein Leib, der in wonnigen Krämpfen zuckte. Dann ein dumpfes Röcheln und zum Schluß ein doppelter Aufschrei triumphierender Liebe.

»Sie genießen! Sie genießen!« rief dazu der Chor der Nonnen. Und von neuem stürzten sie sich aufeinander, rasender als wilde Bestien, die in die Arena losgelassen werden.

Fanny: Welche Orgien!

Gamiani: O das war noch lange nicht alles! Die Abwechslung in allen Künsten der Wollust wurde bis ins Unendliche getrieben. Da wir keine Männer hatten, erfand unsere Phantasie die seltsamsten Hilfsmittel.

Alle priapischen Gedichte, alle unzüchtigen Bücher des Altertums und der Neuzeit waren uns bekannt. Wir waren weit über sie hinaus. Elephantis und Aretino waren phantasielos im Vergleich mit uns. Es würde zu weit führen, dir alle unsere Hilfsmittel aufzuzählen, alle die sinnreichen Instrumente und Liebestränke zu nennen, die wir besaßen, um unsere Begierden erst anzustacheln und dann zu befriedigen. Ich will dir nur als Beispiel erzählen, wie wir es mit einer unserer Genossinnen machten, um ihr Fleisch zu neuer Genußfähigkeit zu reizen. Zuerst wurde sie in ein Bad von heißem Blut gebracht, um ihre Kraft wieder zu beleben. Dann schlürfte sie einen Trank, der mit zerriebenen spanischen Fliegen versetzt war, warf sich auf ein Ruhebett und ließ sich den ganzen Körper massieren. Dann wurde sie hypnotisiert, bis sie in festem Schlaf lag. Sobald dies der Fall war, stachen wir sie mit Nadeln, peitschten sie bis aufs Blut. Inmitten dieser Folterung erwachte sie; sie sah uns wie eine Wahnsinnige an und verfiel sofort in krampfhafte Zuckungen. Kaum waren sechs von uns imstande, sie festzuhalten. Nur die schlekkende Zunge eines Hundes vermochte sie zu beruhigen. In Strömen ergoß sich ihr Liebessaft. Wenn aber diese Erleichterung sich einmal nicht einstellte, dann wurde die Unglückliche geradezu entsetzlich in ihrer Raserei und schrie laut nach einem Esel.

Fanny: Nach einem Esel? Barmherziger Himmel!

Gamiani: Jawohl, mein Herz – nach einem Esel. Wir besaßen zwei, die sehr gelehrig und ganz ausgezeichnet abgerichtet waren. Wir wollten in dieser Hinsicht nicht hinter den vornehmen Römerinnen zurückstehen, die sich bei ihren Saturnalien stets dieser Tiere bedienten.

Als ich diese Sensation zum erstenmal an mir selber erlebte, war ich fast bis zur Sinnlosigkeit von

Wein berauscht. Ich warf mich auf das eigens zu diesem Zweck bestimmte Gestell, indem ich alle Nonnen herausforderte, bei diesem Liebeskampf es mit mir aufzunehmen. Im Nu stand der Esel hochaufgerichtet vor mir. Sein furchtbares Glied, von den Händen der frommen Schwestern in Glut versetzt, stieß wuchtig gegen meine Schenkel. Ich ergriff es mit beiden Händen, setzte es an die Öffnung meiner Scheide und versuchte, es einzuführen, nachdem ich mich ein paar Sekunden lang von ihm hatte kitzeln lassen. Mit Hilfe von Pomade, durch geschickte Stöße meiner Hinterbacken und durch Nachschieben mit den Händen gelang mir dies, und bald hatte ich mindestens fünf Zoll in meinem Leibe. Ich wollte noch weiter stoßen, aber die Kräfte gingen mir aus, und ich sank erschöpft zurück. Mir war's, als zerrisse meine Haut, als würde ich gespalten, gevierteilt! Ich empfand einen dumpfen, betäubenden Schmerz, zugleich aber auch einen heißen, kitzelnden, wonnigen Reiz. Das Tier bewegte sich fortwährend und stieß so kräftig, daß ich die Erschütterung in meinem ganzen Rückgrat spürte. Ich spritzte. O welch ein Genuß! Mein heißer Liebessaft erfüllte mir den ganzen Leib. Ich war von Liebe ganz und gar überströmt. Ich stieß einen langen, lauten Schrei aus und war erleichtert. Durch meine wollüstigen Zuckungen hatte ich noch zwei Zoll in mich aufgenommen. Dies war das höchste Maß, das jemals erreicht worden war; alle meine Gefährtinnen waren besiegt. Das Glied des Esels war bis an den Ring eingedrungen, den man ihm angelegt hatte. Ohne diesen Ring wäre mir der Leib zersprengt worden.

Ich war erschöpft, alle meine Glieder schmerzten, und ich glaubte, am Ende aller Wollust zu sein – da wird plötzlich das unbändige Glied des Tieres noch steifer und härter denn zuvor; es dringt noch tiefer in mich ein, und ich schwebe fast frei in der Luft, nur von dem Schwanz des Esels gehalten! Meine Nerven spannen sich an, meine Zähne pressen sich knirschend aufeinander, meine Arme schließen sich krampfhaft um meine Schenkel. Plötzlich bricht mit Macht ein Strahl hervor und überströmt mich mit einem heißen Regen von solcher Fülle, daß mir's ist, als dränge er mir durch alle meine Adern bis ins Herz hinein. Ich fühle nichts mehr als eine brennende Wonne, die mir bis ins Knochenmark, ins Gehirn und alle Nerven dringt und zugleich alle meine Glieder erschlafft... Köstliche Marter!... Unerträgliche Wollust, die alle Fesseln des Lebens löst, die im höchsten Rausch der Sinne den Tod bringt!

Fanny: Du bringst mich von Sinnen, Gamiani! Bald halt ich's nicht mehr aus... Aber sag, wie kam es, daß du dieses Teufelskloster verließest?

Gamiani: Das ging so: Nach einer großen Orgie hatten wir den Einfall, uns in Männer zu verwandeln. Jede von uns schnallte sich einen Phallus um, dann bildeten wir eine Kette und liefen wie Wahnsinnige durch den Saal. Ich bildete das letzte Glied der Kette und war daher die einzige, die nur ritt, aber nicht geritten wurde. Stelle dir meine Überraschung vor, als ich plötzlich von hinten den wütenden Angriff eines nackten Mannes verspürte, der sich auf irgendeine, mir unerklärliche Weise bei uns eingeschlichen hatte. Unwillkürlich stieß ich einen Schreckensruf aus; sofort löste unsere Kette sich auf, und sämtliche Nonnen stürzten sich über den unglückseligen Eindringling her. Jede wollte einmal Wirklichkeit kosten. Das arme Tier jedoch vermochte so viel Genuß nicht zu ertragen und war bald erschöpft. Er sah erbärmlich aus in seiner Schlaffheit und Nichtigkeit; seine Manneskraft war nur noch negativ vorhanden. Es kostete mich unendliche Mühe, das jämmerliche Ding zu neuem Leben zu erwecken, als endlich auch an mich die Reihe gekommen war, sein Elixier genießen zu dürfen. Schließlich gelang es mir aber doch. Ich streckte mich der Länge nach auf dem Halbtoten aus, so daß mein Kopf sich zwischen seinen Schenkeln befand, und saugte so geschickt an seinem eingeschlafenen Priap, daß dieser rotstrahlend zu einer Munterkeit erwachte, an der ich meine Freude haben konnte. Da ich selber gleichzeitig von einer flinken Zunge karessiert wurde, so fühlte ich bald eine unglaubliche Wonne eintreten, die ich auf den Höhepunkt brachte, indem ich mich triumphierend und freudig auf das Zepter setzte, das ich mir erobert hatte. Ich gab und empfing eine Sintflut von Wollust.

Dieser letzte Exzeß gab unserem Mann den Rest. Alle Bemühungen, ihn noch einmal zum Leben zu erwecken, waren vergeblich.

Und nun trat etwas ein, was dir vielleicht unglaublich erscheinen wird. Sobald die Nonnen merkten, daß der Unglückselige zu nichts mehr zu gebrauchen war, faßten sie ohne Zaudern den Entschluß, ihn zu ermorden und in einem Keller zu begraben, damit er ihr Kloster nicht durch eine Indiskretion bloßstellen könnte. Vergebens bekämpfte ich diesen verbrecherischen Beschluß; eine Sekunde später war eine Hängelampe von ihrem Haken herabgenommen, und das Opfer wurde mit einer Schlinge aufgehängt. Ich wandte den Blick von diesem entsetzlichen Schauspiel ab...

Aber siehe da! Zur größten Überraschung dieser Furien brachte der Tod des Erhängens die übliche Wirkung auf das Opfer hervor. Entzückt von diesem Phänomen steigt die Oberin auf einen kleinen Tritt und verbindet sich, unter dem stürmischen Beifallsjubel ihrer würdigen Genossinnen, in der

Luft schwebend mit dem Toten, spießt sich an dem Leichnam auf!... Aber damit war die Geschichte noch nicht zu Ende. Der Strick, an dem die Lampe gehangen hatte, war zu schwach, um dies doppelte Gewicht zu tragen. Er reißt. Leichnam und Oberin fallen, und zwar ist der Sturz so heftig, daß die Nonne ein Bein bricht, der Gehängte aber, dem wahrscheinlich der Strick nicht richtig angelegt worden war, wieder erwacht und sich auf die Oberin stürzt, um sie zu erwürgen.

Wie wenn der Blitz in eine Herde schlägt, so wirkte dieser Auftritt auf die Nonnen.

Entsetzt stürzten alle davon; sie glaubten, der Teufel sei hinter ihnen her.

Nur die Oberin blieb zurück und mußte sich der Angriffe des so zur Unzeit von den Toten Auferstandenen erwehren.

Das Abenteuer mußte furchtbare Folgen haben. Um diesen zuvorzukommen, entfloh ich noch in derselben Nacht aus dieser Lasterhöhle der Ausschweifung und des Verbrechens.

Ich begab mich für einige Zeit nach Florenz, der wundervollen Stadt der Liebe.

Ein Engländer, Sir Edward, ein leidenschaftlicher, träumerischer Jüngling, entbrannte in heißer Liebe zu mir. Die schmutzigen Lüste des Fleisches flößten mir nun Ekel ein. Bisher hatte nur mein Leib gelebt; meine Seele schlummerte noch. Nun erwachte aber auch sie, fast mir selber unbewußt, von dem leisen Zauberruf einer edlen, hohen Liebe. Ein neues Leben ging mir auf; ich empfand jene unbestimmten, unaussprechbaren Sehnsüchte, die das Glück des Menschen ausmachen und sein Dasein zu Poesie verklären... auch die am leichtesten entzündlichen Stoffe brennen nicht von selber; aber es braucht nur ein Funke an sie zu geraten, und sofort lodern sie auf. So setzte die leidenschaftliche Glut des Jünglings, der mich liebte, auch mein Herz in Flammen. Die für mich ganz neue Sprache reiner Liebe ließ mich vor Entzücken erschauern.

Begierig horchte ich auf ihre Worte; meine gespannte Wachsamkeit ließ sich keine noch so geringe Bewegung entgehen. Die warmen Blicke der von feuchtem Schimmer verklärten Augen meines Geliebten drangen bis in die Tiefe meiner Seele und erfüllten sie mit froher Unruhe, mit leidenschaftlichem Entzücken.

In Edwards Stimme lag ein Klang, der mich aufregte; in jeder seiner Gebärden erkannte ich sein edles Gefühl; in jedem seiner Züge sprach sich Leidenschaft aus und ließ mich Leidenschaft empfinden. Zum ersten Male sah ich das Bild wahrer Liebe, und ich liebte den, der es mich sehen ließ.

Von jeher hatte ich mich in Extremen bewegt, und so glühte ich jetzt ebensosehr in der Leidenschaft

meines Herzens wie früher in der Leidenschaft meiner Sinne. Edward hatte eine starke Seele – eine jener Seelen, die alle anderen in ihren Bannkreis ziehen. Ich hob mich zu seiner Höhe empor. Meine Liebe wuchs: sie war enthusiastisch gewesen, jetzt wurde sie erhaben. Der bloße Gedanke an grobe Fleischeslust empörte mich. Hätte man mich dazu gezwungen, ich hätte getobt, ich wäre vor Wut erstickt! So war unsere Liebe, meine sowohl wie seine, von freiwillig errichteten Schranken umschlossen; sie wurde dadurch nur um so glühender. Edward erlag zuerst. Die platonische Enthaltsamkeit, für die er keinen Grund sah, machte ihn krank; er besaß nicht die Kraft, noch länger gegen seine Sinnlichkeit anzukämpfen. Eines Tages überraschte er mich im Schlaf – und ich war sein. Mitten in der heißesten Umarmung erwachte ich: in besinnungsloser Leidenschaft erwiderte ich Glut mit Glut; dreimal war ich im Himmel – dreimal war Edward Gott. Aber als er von seiner Höhe herabgestiegen war, empfand ich Ekel: er war für mich nur noch ein Mensch von Fleisch und Blut – er war ein Mönch!
Mit einem gellenden Lachen entriß ich mich plötzlich seinen Armen. Der Regenbogenglanz des Ideals war zerstört; ein unreiner Hauch hatte den Strahl der Liebe ausgelöscht – diesen Strahl aus Himmelshöhen, der nur einmal im Leben leuchtet.

Meine Seele war tot. Aber meine Sinne waren wieder auferstanden, und ich wandte mich wieder meiner alten Lebensweise zu.
Fanny: Wieder mit Frauen?
Gamiani: Nein! Erst wollte ich mit den Männern ganz und gar fertig sein. Um keine Begierde und keine Sehnsucht nach Männerliebe mehr zu haben, kostete ich bis zur Neige allen Genuß, den sie uns zu geben vermögen. Ich bediente mich einer berühmten Kupplerin, und sie vermittelte mir die Bekanntschaft mit den geschicktesten und kräftigsten Liebesathleten von Florenz. An einem einzigen Vormittage bestand ich zweiunddreißig Liebesturniere – und doch war damit meine Begierde nicht gestillt. Sechs Kämpen wurden von mir besiegt – besiegt bis zur völligen Erschöpfung.
Eines Abends vollbrachte ich noch größere Heldentaten. Ich befand mich mit dreien meiner kräftigsten Ritter zusammen. Meine Gebärden und Reden versetzten sie in eine so günstige Stimmung, daß ich auf einen diabolischen Einfall kam: Ich bat den stärksten meiner Helden, sich auf den Rücken zu legen, und während ich mich wollüstig auf seinem gewaltigen Instrument auf und ab bewegte, wurde ich von dem zweiten auf sehr gewandte Weise gomorrhisiert; mein Mund bemächtigte sich des dritten und wußte ihn dermaßen zu kitzeln, daß er sich wie ein Teufel krümmte und die

leidenschaftlichsten Ausrufe von sich gab. Gleichzeitig erreichte bei uns Vieren die Ekstase ihren Höhepunkt. Welche Genüsse! Dieser heiße Strahl an meinem Gaumen, diese Wonne innen in meinem Leibe! Kannst du dir einen Begriff davon machen? Mit dem Mund die ganze Lebenskraft eines Mannes einsaugen, mit unersättlichem Durst sie in Fluten heißen Schaumes hinunterschlürfen und dabei gleichzeitig einen doppelten Feuerstrahl, einen von vorn, einen von hinten in seinen Leib, in sein Fleisch eindringen fühlen – das ist ein dreifacher, ein unerhörter Genuß, der sich überhaupt nicht beschreiben läßt.

Meine unvergleichlichen Kavaliere waren so hochherzig und so wacker, mich diesen Genuß immer wieder von neuem kosten zu lassen, bis ihre Kräfte völlig erschöpft waren.

Aber ich war dann bald der Männer müde, überdrüssig, und ich hatte keine andere Begierde mehr, kannte kein anderes Glück mehr, als den schlanken, bebenden Leib eines jungen Mädchens, einer schüchternen Jungfrau zu umschlingen, sie in die Liebe einzuweihen, ihr ungeahnte Genüsse zu bereiten, sie mit Wollust zu überströmen ... aber was hast du? Was ist dir? Was machst du denn?

Fanny: Mir ist fürchterlich zumute. Mich verzehren entsetzliche, scheußliche Begierden. Alle Lust, alle Qual, die du gefühlt hast – auch ich möchte sie fühlen. Aber sofort! Auf der Stelle! Du allein kannst mich nicht mehr befriedigen. Mein Kopf glüht – alles dreht sich vor meinen Augen. O! ich fürchte, ich werde wahnsinnig! Sag, was kannst du mir geben? Ich will in Liebesraserei sterben – ich will genießen! Nur genießen! Genießen!

Gamiani: Beruhige dich, Fanny! Beruhige dich doch! Deine wilden Blicke erschrecken mich. Befiehl mir! Ich tue alles! Was willst du von mir?

Fanny: Komm mit dem Mund! Laß deine Lippen mir das Leben aussaugen! Da... da unten! Laß mich meine Seele verhauchen! Nachher will ich dich haben; will dir in die Eingeweide eindringen... schreien sollst du!... O dieser Esel! Auch er quält mich. Ich möchte ein Riesenglied drin haben, und wenn es mich zersprengte, mir den Leib aufrisse!

Gamiani: Du Wilde – du sollst haben, was du verlangst! Mein Mund ist geschickt. Außerdem hab ich ein Instrument mitgebracht. Da, sieh's dir an... es ist mindestens so stark wie ein Eselsglied.

Fanny: O was für ein Riesending! Schnell her damit – laß mich's versuchen! Au! Au! Es geht nicht... mir bleibt der Atem stehen...

Gamiani: Du weißt es nur nicht zu handhaben. Aber das will ich besorgen. Halte du nur stille!

Fanny: Und wenn ich auf der Stelle tot bleiben sollte – ich will es ganz und gar in mir haben. Ich bin rasend!

Gamiani: Also leg dich nur auf den Rücken; streck dich aus, so lang du kannst; jetzt spreize die Beine. Die Arme laß an deinen Seiten liegen. Jetzt – laß mich machen. Hab keine Angst; zieh nicht zurück!
Fanny: Sieh, ich gebe mich dir völlig hin. Schnell! Komm in meine Arme! Komm schnell!
Gamiani: Geduld, Kind! Höre: um so recht die ganze Wonne zu spüren, mit der ich dich berauschen will, mußt du für einen Augenblick dich selbst vergessen, mußt vollkommen in einen einzigen Gedanken aufgehen, in ein einziges Gefühl sinnlicher Liebe, wahnsinnigen Genießens! Und wenn ich dich mit noch so rasender Brunst angreife – bewege dich nicht! Rühre dich nicht! Bleib bewegungslos liegen, empfange meine Küsse, ohne sie zu erwidern. Wenn ich dich beiße, wenn ich dich verwunde – unterdrücke deinen Schmerz, unterdrücke auch deine Wollust, bis zu jenem allerletzten Augenblick, bis zum Höhepunkt – dann kämpfen wir zusammen und sterben zusammen!
Fanny: Ja, ja! Ich verstehe dich, Gamiani. Vorwärts! Sieh, ich liege wie schlafend ... jetzt träume ich von dir ... Ich bin dein, komm! ... Liege ich so richtig? Warte! Diese Stellung ist noch lüsterner, glaube ich ...
Gamiani: Du Wollüstige! Du bist noch geiler als ich. Ach, bist du schön, wie du so daliegst! ... Du Ungeduldige! Ich sehe, du willst mich haben.

Fanny: Ja, ich brenne! Ich glühe! Fang an... fang an! Bitte, bitte!

Gamiani: O warte doch noch! Dies gierige Warten ist auch eine Art von Wollust... Laß dich noch mehr gehen! Ah, so ist's gut. So liegst du fast wie eine Tote da... Diese köstliche Selbstvergessenheit... so... ja, so! Jetzt werde ich mich deiner bemächtigen, werde es dir warm machen, dich allmählich ins Leben zurückrufen; ich werde dich in Feuer und Flammen setzen, dich dem Höhepunkt vollständiger Genüsse entgegenführen. Dann wirst du wieder tot zurücksinken – aber tot vor Wonne, vor Übermaß des Genusses... Unerhörte Seligkeiten! sie auch nur einen blitzschnellen Augenblick zu kosten, ist schon Götterwonne.

Fanny: Deine Worte brennen – sie brennen, Gamiani! Ans Werk, ans Werk!

Gamiani band sich schnell die flatternden Haare, die ihr im Wege waren, zu einem Knoten zusammen. Sie fuhr mit der Hand zwischen ihre Schenkel und regte sich einen Augenblick auf; dann stürzte sie sich auf Fannys Leib, den sie in enger Umschlingung bedeckte. Ihr Mund öffnete die roten Lippen des jungen Mädchens, ihre Zunge drang vollständig ein. Fanny seufzte; Gamiani sog ihren Atem ein und blieb dann einen Augenblick unbeweglich liegen. Beim Anblick dieser beiden nackten Frauen, die regungslos, wie zusammengewachsen, aufeinanderlagen, hatte ich das Gefühl, daß sie sich auf eine geheimnisvolle Art miteinander vermählten, daß ihre Seelen schweigend ineinanderflossen.

Plötzlich macht Gamiani sich leise los und erhebt sich. Ihre Finger spielen mit Fannys Locken, und dabei blickt sie sie mit einem unaussprechlich schmachtenden und wollüstigen Lächeln an. Vom Kopf bis zu den Füßen bedeckt sie sie mit Küssen, mit zärtlichen Bissen; sie kitzelt ihr die Fußsohlen mit den Fingerspitzen, mit der Zunge. Dann stürzt sie sich wild über sie her, springt auf und fällt keuchend, rasend abermals auf Fannys Leib. Ihr Mund, ihre Finger sind hier, sind da, sind überall. Fanny wird überall geküßt, gedrückt, befingert; Gamiani kneift sie, zwickt sie, beißt sie. Da bekommt Fanny Angst; sie stößt einen scharfen Schrei aus; aber im Nu besänftigt ein sanftes Streicheln den Schmerz, und ein langer Seufzer dringt aus ihrer Brust. Gamiani wird immer feuriger, immer wilder. Jetzt liegt ihr Kopf zwischen den Schenkeln ihres Opfers. Ihre Finger biegen zwei zarte Schamlippen auseinander. Ihre Zunge senkt sich in den Kelch, und langsam überströmt sie sie mit allen Wonnen des aufregendsten Kitzels, den es für ein Weib gibt. Gamiani verfolgt alle Stadien der Wollustraserei ihrer Freundin; um die Ekstase nicht zu früh kommen zu lassen, verlangsamt sie je

nach Bedarf die Bewegungen ihrer Zunge; dann wieder verdoppelt sie deren Schnelligkeit.
Plötzlich bäumt Fanny sich wild empor und ruft: »Zuviel!... Ach!... ich sterbe... O!«
»Da! nimm!« keucht Gamiani. Und mit diesen Worten reicht sie ihr ein Fläschchen, dessen Inhalt sie selber soeben zur Hälfte geleert hat. »Trink! Ein Lebenselixier! Es wird dir frische Kräfte geben.«
Fanny ist besinnungslos, widerstandslos. Sie schluckt den Saft hinunter, den Gamiani ihr in den halbgeöffneten Mund gießt.
»Ha!« ruft plötzlich Gamiani überlaut; »jetzt bist du mein!«
In ihrem Blick lag ein teuflischer Ausdruck. Zwischen Fannys Schenkeln kniend, schnallte sie sich den riesigen Phallus um.
Bei diesem Anblick geriet Fanny in krampfhafte Zuckungen. Es sah aus, als ob ein inneres Feuer sie verzehrte, sie rasend machte. Mit weit geöffneten Schenkeln erwartete sie kampfesmutig den Angriff der furchtbaren Waffe.
Doch kaum hatte sie die ersten schmerzhaften Stöße erlitten und ausgehalten, da schüttelte ein ungeheurer Krampf ihren ganzen Körper. Und laut schrie sie auf!
»Weh! Weh mir! Der Saft brennt; der Trank, den du mir gabst, zerfrißt meine Eingeweide! Das

sticht! Das beißt! Ach, ich sterbe! Ich muß sterben... Verdammte ruchlose Hexe – ich bin dein, ich bin dein!...«

Gamiani kümmerte sich nicht um dieses Angstgeschrei. Mit verdoppelter Heftigkeit stieß sie weiter. Sie brach sich ihren Weg in Fannys Leib, deren Schenkel mit Blut überströmt wurden.

Plötzlich aber verdrehen sich Fannys Augen; ihre Glieder krümmen sich, dann werden ihre Beine, ihre Hände krampfhaft steif.

Jetzt zweifle ich nicht länger, daß Gamiani ihr ein schnellwirkendes Gift eingegeben und auch selbst dieses Gift getrunken hat. Entsetzt will ich meiner Geliebten zu Hilfe eilen. Ich zerschmettere die Tür.

Aber ach – Fanny lebte nicht mehr.

Ihre Arme, ihre Beine umschlangen in furchtbarer Verkrampfung Gamiani, die noch lebte, aber sichtlich mit dem Tode rang.

Ich wollte sie auseinanderreißen; aber eine röchelnde Stimme flüsterte:

»Siehst du denn nicht, wie das Gift mich verbrennt, wie meine Sehnen sich spannen? Geh! Geh! Fanny ist mein... O! weh! weh!«

»Entsetzlich!« schrie ich außer mir.

»Bah! jetzt kenne ich jede Wollust, jede! Begreife doch, du Narr: eine kannte ich noch nicht: Ich wußte nicht, ob es Wollust sei, im eigenen Todes-

kampf ein anderes mit dem Tode kämpfendes Weib zu lieben.
Furchtbar groß ist diese Wollust! Ich sterbe... aber ich sterbe in der Raserei der Lust, in der Raserei des wundervollsten Schmerzes... Ich... ich... kann nicht mehr... Aaaah...
Noch ein langer Schrei aus der tiefsten Tiefe ihrer Brust, und die Furie sank tot auf Fannys Leiche.

Anhang

Heinrich Conrad
Vorwort zu seiner Übersetzung der *Gamiani* (Januar 1905)

Ich halte Alfred de Musset für den Verfasser von *Gamiani*. Ich bin fest überzeugt, daß nur Musset dieses Buch geschrieben haben kann. Diese Erklärung muß ich meiner Arbeit vorausschicken, denn ohne solche Überzeugung würde ich das Werk nicht übersetzt haben.

Positiv beweisen läßt sich allerdings Mussets Verfasserschaft nicht; es fehlt das Letzte und Entscheidende: sein eigenes Eingeständnis, daß er das Buch geschrieben habe. Andererseits haben aber auch die Gegner der im Publikum allgemein verbreiteten Annahme für ihren Standpunkt keinen einzigen auch nur halbwegs stichhaltigen Beweis anzuführen vermocht.

Für die Autorschaft Mussets ist besonders Brunet eingetreten; von den Gegnern ist der bedeutendste Alcide Bonneau. Als Autoritäten auf dem Gebiete der Bibliographie stehen beide gleichwertig da. Auf die von ihnen vorgebrachten Einzelheiten, besonders bibliographischer Art, gehe ich nicht näher ein, da ich meine Überzeugung auf einem ganz anderen Wege gewonnen habe. Dagegen muß ich einige der von den Gegnern, speziell von Bonneau, vorgebrachten Gründe einer näheren Betrachtung unterziehen.

Nach der Legende entstand das Buch – das auf alle Fälle als ein Hauptwerk der erotischen Literatur Frankreichs zu bezeichnen ist – kurz nach der Revolution von 1830 infolge einer Art Wette: In einem Kreise stark vom Champagner angeregter junger Leute, »die später fast alle als Schriftsteller, Ärzte oder Anwälte berühmt geworden sind«, erbietet sich »ein junger Dichter«, binnen drei Tagen ein erotisches Werk zu schreiben, das die höchste sinnliche Leidenschaft zum Ausdruck bringen solle, ohne durch rohe oder schmutzige Ausdrücke ästhetische Gemüter zu verletzen.

Der Vorschlag wird mit Jubel aufgenommen, und drei Tage später ist *Gamiani* fertig und wird der erwähnten Gesellschaft vorgelegt. Das Werk wird zunächst handschriftlich vervielfältigt, dann soll es hektographiert worden sein; schließlich gelangt es durch eine Indiskretion in die Hände eines Brüsseler Verlegers, der es in Quartformat, unter Beigabe von kolorierten Illustrationen, erscheinen läßt. Dies geschah im Jahre 1833[1]. Zwei Jahre darauf erschien der erste der sehr zahlreichen Nach-

1 Aufgrund dieser Originalausgabe wurde im Jahre 1904 eine neue Ausgabe mit den Gravuren zum Preise von 75 Francs veröffentlicht.

drucke unter dem Titel *Gamiani ou deux nuits d'excès* par Alcide, Baron de M***, A Venise chez tous les marchands de nouveautés.
Im Publikum schloß man von Anfang an aus dem Pseudonym, Alcide de M., daß Alfred de Musset der Verfasser sein müsse, und diese Annahme wurde dadurch bestärkt, daß Musset niemals dagegen protestiert hat. Bonneau meint nun, Musset habe das gar nicht nötig gehabt, da kein einziger Kenner seiner Werke ihn auch nur einen Augenblick für den Verfasser gehalten habe und habe halten können. Mir scheint, Bonneau geht hier viel zu weit; im Gegenteil, Musset würde doch wohl einmal im Laufe des Vierteljahrhunderts, das vom Erscheinen des *Gamiani*-Buches bis zu seinem Tode verstrich, eine Gelegenheit benutzt haben, seine Vaterschaft zu einem so unartigen Kinde in aller Form abzuleugnen. An solchen Gelegenheiten hat es ihm sicherlich nicht gefehlt. (Übrigens würde selbst eine solche Ableugnung nichts gegen seine Verfasserschaft bewiesen haben. Voltaire z. B. hat niemals zugegeben, daß er die *Pucelle* geschrieben hat; im Gegenteil, er hat es stets bestritten.) Daß Musset gegen die Meinung des Publikums, die ihn mit aller Bestimmtheit als Verfasser bezeichnete, niemals Einspruch erhoben hat, scheint mir ein sehr wichtiges Indicium zu sein. Denn es handelte sich keineswegs bloß um vage

Gerüchte, und es kommt noch hinzu, daß das Buch nicht auf die Kreise von Bibliophilen beschränkt blieb. Es war vielmehr schon bei Lebzeiten Mussets in Zehntausenden von Exemplaren und in Dutzenden von Ausgaben verbreitet, die leider fast ausnahmslos sehr schlecht sind und nur zu deutlich den Stempel einer ekelhaften Bestimmung tragen. Es ist, nebenbei bemerkt, sehr schade, daß dieses Schicksal einer Dichtung vom Werte *Gamianis* widerfuhr.

Bonneau behauptet ferner, das dem Werke vorangestellte Gedicht sei so schlecht, daß es unmöglich von Musset sein könne.

Ich setze dies Gedicht hierher, damit der Leser selber urteilen kann.

Chantez, chantez encor, rêveurs mélancoliques,
Vos doucereux amours et vos beautés mystiques
  Qui baissent les doux yeux.
Des paroles du cœur vantez-nous la puissance,
Et la virginité des robes d'innocence.
  Et les premiers aveux.

Ce qu'il me faut à moi, c'est la brutale orgie,
La brune courtisane à la lèvre rougie
  Qui se pâme et se tord;
Qui s'élance à vos bras, dans sa fougueuse ivresse,
Qui laisse ses cheveux se dérouler en tresse,
  Vous étreint et vous mord!

C'est une femme ardente autant qu'une Espagnole,
Dont les transports d'amour rendent la tête folle
Et font craquer le lit;
C'est une passion forte comme une fièvre,
Une lèvre de feu qui s'attache à ma lèvre
Pendant toute une nuit!

C'est une cuisse blanche à la mienne enlacée,
Une lèvre de feu d'où jaillit la pensée!
Ce sont surtout deux seins,
Fruits d'amour arrondis par une main divine,
Qui tous deux à la fois vibrent sur la poitrine,
Qu'on prend à pleines mains!

Eh bien! venez encor me vanter vos pucelles
Avec leurs regards froids, avec leurs tailles frêles,
Frêles comme un roseau:
Qui n'osent d'un seul doigt vous toucher, ni rien dire,
Qui n'osent regarder et craignent de sourire,
Ne boivent que de l'eau!

Non! vous ne valez pas, ô tendres jeunes filles
Au teint frais et si pur caché sous la mantille,
Et dans le blanc satin
Vous femmes du grand ton – en tout tant que vous êtes,
Non! vous ne valez pas, ô mes femmes honnêtes,
Un amour de CATIN!

Ich bin der Meinung, daß dies Gedicht, obwohl die beiden letzten Strophen nicht viel taugen, keineswegs schlecht, sondern im Gegenteil gut ist. Aber

selbst wenn es ganz schlecht wäre – was würde das beweisen?
Könnte es nicht trotzdem von Musset sein? Man zeige mir doch mal den Dichter, der niemals ein schlechtes Gedicht geschrieben hat! Mit den *schlechten* Gedichten Goethes könnte man einen sehr stattlichen Band anfüllen – vielleicht sogar zwei.
Endlich behauptet Bonneau – und dieser Einwurf ist allerdings sehr ernst zu nehmen – *Gamiani* könne nicht von Musset sein, weil es in einem erbärmlichen Französisch, weil es nicht in Mussetschem Französisch geschrieben sei.
Nun, auch Bonneau ist nicht unfehlbar, und so sehr ich sein Urteil und seine reichen Kenntnisse gelten lasse, in ästhetischen Dingen ist er mir ganz und gar nicht maßgebend. Sehr viele Leute von feinem Geschmack haben schon vor mir gefunden, daß *Gamiani* im Gegenteil in einem ausgezeichneten Französisch geschrieben sei – was natürlich gar nicht ausschließt, daß in dem Werke eines zwanzigjährigen Jünglings sich Ungleichwertiges findet, daß zuweilen die von heißester Leidenschaft durchpulste Sprache ganz plötzlich in merkwürdig banale Phrasen umschlägt.
Gerade auf die Sprache dieses Buches gründet sich meine feste Überzeugung, daß Musset und nur Musset es geschrieben hat. Ich selber bin noch vor

etwa zwei Jahren der Meinung gewesen, daß *Gamiani* nicht von Musset sei.
Dann aber wurde die Übersetzung von Mussets *Confession d'un enfant du siècle*, die ich im Frühjahr 1903 schrieb, für mich Veranlassung, mich aufs innigste mit Stil, Sprache und Ausdrucksweise des jungen Musset zu beschäftigen. Und dabei fiel es mir auf, daß der Stil *Gamianis* und der Stil der *Confession* sich in ganz erstaunlicher Weise ähneln. Ich verglich nunmehr beide Werke ganz genau und meine Vermutung, daß Musset wohl *Gamiani* geschrieben haben könne, wurde zur Überzeugung, daß er es geschrieben haben müsse. Es sei denn, daß er durch den Stil des *Gamiani*-Buches in einer Weise beeinflußt wäre, daß er die *Confession* in demselben Stil geschrieben hätte. Mit dieser Hypothese brauche ich mich nicht ernstlich zu beschäftigen.
Ich bin, Gott sei Dank, kein Philologe von Fach und gedenke daher keineswegs den Leser mit der Anführung philologischer Gründe zu behelligen – obwohl es mir auch an solchen nicht fehlt. Die Übereinstimmung des Stils tritt naturgemäß am meisten hervor in der Jugendgeschichte Alcides, in der Schilderung seiner erotischen Phantasien und Delirien. Das ist echt Mussetscher Stil.
Ich bitte den Leser, sich selber ein Urteil zu bilden und zu diesem Zweck die *Confession* zu lesen, falls

er sie noch nicht kennt. Er wird darin eins der wundervollsten Bücher der Weltliteratur kennenlernen. Es ist der französische Werther.
Ich habe mit *Gamiani* eine geplante kleine Serie: *Venus occidentalis*, die ein Gegenstück zu meiner *Venus orientalis* bilden soll, eröffnet, weil es mir besonders charakteristisch für die französische Erotik erscheint. Daß der Verfasser die ältere erotische Literatur und namentlich die *Aloisia Sigaea* des Meursius-Chorier gekannt und benutzt hat, ist auf den ersten Blick erkennbar – übrigens auch ganz selbstverständlich.

Albrecht Koschorke
Der Rückzug des Mannes aus dem Territorium der Lust

1

Pornographie ist anonym. Kaum ein pornographisches Buch des 19. Jahrhunderts erscheint mit Angabe des wirklichen Verfassernamens. Auch Verlagsort und Erscheinungsjahr werden, um der drückenden Zensur zu entgehen, in der Regel gefälscht oder erfunden.

Normalerweise sind die Titelseiten eine Art Ausweis der Bücher; sie zeigen deren realen Entstehungshintergrund an, welcher Art auch immer der Buchinhalt ist. In der Pornographie dagegen ist das Buch als solches Teil der Buchfiktion. Das 19. Jahrhundert, zumal die auf erotischem Gebiet führende französische Verlagsindustrie, zeigt sich in dieser Hinsicht außerordentlich erfindungsreich. Aus den Zeiten der Aufklärung lebt die Gepflogenheit fort, pornographische Erzeugnisse einer fiktiven klösterlichen oder päpstlichen Drukkerei unterzuschieben – Zeichen der antiklerikalen Travestie, der die Pornographen das Christentum im allgemeinen und das katholische Klosterwesen im besonderen unterwerfen. Als Herausgeber verbotener und anstößiger Schriften kann

dann ein Kirchenfürst oder sogar einer der Heiligen zeichnen. Auf indirekte Weise äußert sich die Feindschaft gegen christliche Moralität, wenn Stätten der Antike und des Orients den angeblichen Verlagsort bilden. Arabische Herrscherresidenzen mit dem dazugehörenden Harem, Palmyra, Paphos, Lesbos, Cythera sind häufig vorkommende Ortsangaben. Daneben stehen aussagekräftigere, nur äußerlich an klassische Bildung gebundene Versionen: Cupidopolis, Foutropolis, Vito-Cono-Cuno-Clytoropolis – Namen einer aus Geschlechtsteilen und ihren Zeichen errichteten Bürgerschaft.
Zuweilen besteht der Drucknachweis einfach in der Formel ›Überall und nirgendwo, im Jahr der Freude…‹. Pornographie hat ihre eigene Diffusion. Wer ein pornographisches Buch erwirbt, wechselt in ein imaginäres Terrain über, tritt in eine zugleich namenlose und exklusive Geheimgesellschaft von eingeschworenen Kennern ein. Eine Geheimgesellschaft, die sich nicht einmal auf den Titelblättern, wo Buchphantasie und Marktrealität aufeinanderstoßen, mit den Orientierungsmarken der offiziellen Gesellschaft berühren darf und will.
Die Buchgeschichte von *Gamiani* ist eine solche Geschichte der Anonymität und ihrer mythenbildenden Wirkung. Das Original, in Schönschrift

lithographiert, erscheint mit der Angabe: Brüssel 1833. Es ist so selten, daß namhafte Wissenschaftler wie Iwan Bloch sogar seine Existenz bezweifelten. (Darauf stützt sich Blochs Beweisgang zugunsten einer Autorschaft Mussets.) Erst 1980 wurde es in einer Reprintfassung der Öffentlichkeit zugänglich gemacht. Sein ursprünglicher Titel lautet: *Gamiani ou une nuit d'excès*. Eine offensichtlich erst nachträglich angehängte Fortsetzung ist mit dem seither gebräuchlichen Titel *Gamiani ou deux nuits d'excès* versehen. Ein solches bibliographisches Detail mag geringfügig scheinen. Es kann aber Auswirkungen auf die Frage der Verfasserschaft haben und zeigt darüber hinaus das Fabrikationsprinzip pornographischer Texte überhaupt an, die weniger auf eine geschlossene Werkgestalt als auf ein Prinzip der Fortschreibbarkeit hin angelegt sind.

Einen Vermerk, der die Verfasserschaft betrifft, liefert erst die zweite Ausgabe, ein Druck von 1835. Sie nennt als Autor einen gewissen Alcide, baron de M******. Die folgenden Ausgaben behalten diesen Phantasienamen mit kleinen Variationen bei. Er ist vor allem deshalb von Bedeutung, weil man in dem Pseudonym schnell die Initialen Alfred de Mussets, des großen romantischen Dramatikers und Dichters, wiedererkennt, wenn auch störenderweise an das »M« ein Asteriskus mehr

angehängt ist, als die Buchstabenzahl erlauben würde. So liegt die Unterstellung einer Autorschaft Mussets zuerst in der Keimform einer Initialenfolge vor.
Erstmals wird dann in einem wiederum anonymen Nachdruck, angeblich 1840 in Amsterdam, in Wirklichkeit 1864 in Paris erschienen, Musset als Urheber von *Gamiani* in mehr oder minder eindeutiger Weise ins Gespräch gebracht. Das Vorwort erzählt die Anekdote von einem Pariser Literaten, der kurz nach der Revolution von 1830 das Werk auf eine Wette hin in nur drei Tagen verfaßt. Mitteilsamer gibt sich der Herausgeber einer Edition von 1871, der zwar namentlich zeichnet, dessen Behauptungen aber so unwahrscheinlich sind, daß es der Sorgfalt der Bibliographen leichtfällt, ihn als unseriösen Kolporteur und Hochstapler zu entlarven. Er bringt einen zweiten berühmten Autornamen ins Spiel, den der Schriftstellerin George Sand.
Damit ist der Mythos um die Entstehung von *Gamiani* komplett. Zahllose Vorworte zu weiteren Nachdrucken tragen ihn weiter. Das skandalumwitterte Liebespaar der französischen Romantik schlechthin, dessen Beziehungsdesaster der Jahre 1833 bis 1835 die französische Literaturgeschichtsschreibung seit anderthalb Jahrhunderten in Atem hält und traditionell in zwei Parteien spal-

tet, soll in der einen oder anderen Weise – sei es als gemeinschaftliche Arbeit, sei es als einsamer Racheakt Mussets an seiner treulosen Geliebten – mit der Figur der ausschweifenden Gräfin Gamiani verbunden sein.
Eine vereinzelte Gegenstimme, Alcide Bonneau, der 1880 triftige Gründe ins Feld führt, die gegen eine Autorschaft Mussets sprechen, findet wenig Gehör. Noch 1928 baut der Literarhistoriker Pierre Dufay die Hypothese aus, das Werk sei in Kollaboration von Musset und Sand entstanden. Auch er publiziert sein Plädoyer unter einem angenommenen Namen. Die Anonymität hat eigene Spielregeln und Freiräume, nicht nur bei den Pornographen. Das erste Anonymat – die Verfasserschaft – zieht eine ganze Kettenreaktion von verfasserlosen Namenszuschreibungen, Identifikationsversuchen, Dichtermythen hinter sich her.

2

Die Anonymität, die für die Pornographie des bürgerlichen 19. Jahrhunderts wesentlich ist, zeigt sich aber nicht nur nach dieser äußeren Seite. Die Lust, von der die pornographischen Texte leben und die sie wecken, entstammt einem Bereich, in dem Namen, Individualitäten, Persönlichkeiten, mit anderen Worten alles, was mit Privatsphäre und Intimität zu tun hat, bedeutungslos sind. Pornographie ist Kombinatorik, Zusammenschaltung und Auswechslung von Positionen, und die beteiligten Personen sind nur insoweit von Belang, als sie die bezeichneten Positionen besetzen. Sie bildet insofern das genaue Gegenstück zum Kult der individuellen Einzigartigkeit der geliebten Person, wie er seit dem ausgehenden 18. Jahrhundert gepflegt wird, und dementiert entsprechend das bürgerliche Leitideal einer einmaligen und unverwechselbaren Liebesverbindung. Sie braucht keine Gesichter und Schicksale, sondern hat es mit den Menschen als Geschlechtswesen zu tun, verknüpft alle mit allen und berauscht sich an den unbegrenzten Figurationen der Begierde, die sie synthetisch herzustellen vermag. Auch wenn sie sich oft an den konventionellen Formen der Lebensgeschichte orientiert, so ist sie doch in ihrem Kern antiromantisch, antipsychologistisch, antibiographisch.

Die nach einem Ritual, das für das Genre typisch ist, reihum erzählten Lebensberichte der drei Hauptpersonen in *Gamiani* und die eingeschobene Erzählung der ruchlosen Oberin Santa haben keineswegs die Funktion, jeweils irgendeinen individuellen Bildungsgang auszuleuchten. Sie sollen reizen, nicht erklären, und vervollständigen den

Kosmos der pornographischen Phantasien: Bacchanalien im Kloster nach dem Vorbild Sades, Geschlechtsverkehr mit einem Affen, einem Esel, einem Gehängten. Daß die Heldin der Ausschweifung, Gamiani, durch die Vergewaltigungen der Mönche lesbisch geworden sein soll, obwohl doch auch ihre Tante und die tribadischen Nonnen abstoßende Züge bieten, ist eine einfache Anwendung der Phantasieregel, wonach Monstrosität Monstrosität erzeugt. Die Geschichte mit dem Affen erklärt nichts, als daß die Oberin, die sie erzählt, schon von ihrer Pubertät an zügellos war. Diese Binnenerzählungen sollen kein in den Subjekten verstecktes Geheimnis ergründen (das Phantasma der Analytiker), sie dienen einer Stimulation durch Sprache, nach Art der libertinistischen Schriften des 18. Jahrhunderts, wo das Räsonnement über die Geschlechtsliebe den größten Raum einnahm.

Weit davon entfernt, ›gelebtes Leben‹ widerzuspiegeln, ist Pornographie untrennbar mit der Künstlichkeit ihres Mediums verschmolzen. Ihr steht ein begrenztes Inventar von Zeichen zur Verfügung, abstrakt und im Rahmen ihres Genres hochgradig konventionell, die nur Variationen, keine Entwicklung erlauben. Sie arbeitet mit stereotypen Ausdrücken und Bildern, die bei geringstem Aufwand die sicherste Reizwirkung haben.

Je appelativer aber die sprachlichen Signale werden, je mehr Lust sie an den puren Akt des Aussprechens binden, desto mehr verselbständigen sie sich gegen das, was jenseits der Sprache wäre; sie treten an die Stelle der Erfahrungen, die sie abbilden wollen. Pornographie ist Schreibphantasie, lustvoll und steril.

3

Es dürfte auch mit diesen Gattungsmerkmalen von Pornographie zusammenhängen, daß die ernsthaften Versuche der Literarhistoriker, dem Text von *Gamiani* mit den Mitteln der Biographik, Stilkritik und Inhaltsanalyse ein individuelles Profil abzugewinnen und auf diese Weise die Zuordnungsfrage zu lösen, nicht gerade als Erfolgsgeschichte zu bezeichnen sind. Im Schriftverkehr, in den Tagebüchern und anderen persönlichen Aufzeichnungen der jungen Romantikergeneration von 1830, soweit sie erhalten sind, finden sich keine Spuren auf die Urheberschaft des Werkes. Von Heine und Baudelaire ist überliefert, daß sie Musset für den Autor von *Gamiani* hielten, Poulet-Malassis, ein Verleger, spricht einmal von Beweisen, die er in dieser Sache in Händen halte, allerdings ohne sie darzulegen. Ein Indiz könnte auch die Bekanntschaft Mussets mit dem Künstler Achille Devéria sein, dem – neben Octave Tassaert, dessen Beteiligung sich nachweisen ließ – zumindest einige der obszönen Originalgravuren zugeschrieben werden. Aber mit Sicherheit geht daraus nur hervor, daß *Gamiani* von Musset verfaßt sein *könnte* oder in seiner Umgebung entstanden ist. Und selbst das besagt wenig angesichts des vielfältigen gesellschaftlichen Umgangs, den in jener nervösen Literaturperiode Pariser Künstler, Poeten, Journalisten, Vielschreiber, ästhetisch versierte Dandys und Kolporteure miteinander pflegten. Musset hat zu den über ihn umlaufenden Gerüchten in der Öffentlichkeit geschwiegen, George Sand ebenso.

Von den Personen auf den Kontext der Dichtungen verwiesen, stellt sich die Angelegenheit nicht weniger unsicher dar. Über das Stilniveau von *Gamiani* herrschen gegenteilige Ansichten. Während die einen dem Text hohe poetische Qualitäten zusprechen wollen, handeln andere ihn als Durchschnittsware. Sie können für diese Beurteilung die ungeheure Menge an exaltierten Liebe-und-Tod-Geschichten geltend machen, die von Schriftstellern der französischen Romantik auf allen Ebenen produziert wurde. Stilkundler leiten aus gewissen erotischen Metaphern und einer Anzahl von Blankversen, die in der Prosa von *Gamiani* ver-

steckt sind, eine Nähe zu Mussets Dichtung ab. Andererseits sind beide Merkmale für die Gattung der erotischen Literatur überhaupt typisch und schon in entsprechenden Dichtungen des 17. und 18. Jahrhunderts auffindbar.
Was die inhaltlichen Bezüge angeht, so lassen sich zwar gewisse Affinitäten zu literarischen Gestalten bei Musset und George Sand nicht übersehen, aber das gleiche könnte für Jules Janin, Théophile Gautier und viele andere gelten. Zumal zum Werk Balzacs, besonders zu *Das Chagrinleder* und *Das Mädchen mit den Goldaugen*, die kurz vor und nach dem angegebenen Erscheinungsdatum von *Gamiani* entstanden, zeigen sich so auffällige inhaltliche Korrespondenzen, daß eine möglicherweise wechselseitige Beeinflussung wahrscheinlich ist. Balzac wird denn auch neben Janin als weiterer einschlägiger Schriftsteller ins Feld geführt, der *Gamiani* verfaßt haben könnte. Doch das Netz der Affinitäten reicht weit über einzelne, der Hochliteratur angehörende Werke hinaus, und es wird kaum ein Detail in *Gamiani* geben, zu dem sich nicht die Nachbarschaft zahlloser Texte aufzeigen ließe.

4

Obwohl sich die Verfasserfrage auf diese Weise nicht entscheiden läßt, ist es doch aus einem anderen Grund lohnend, auf den anekdotischen Hintergrund der Zuschreibung von *Gamiani* an Musset einzugehen. Es wird dabei nämlich etwas von dem gemeinsamen Boden sichtbar, auf dem sich die Literatur und die Biographien gleichermaßen bewegen. Wenn schon einige Zeitgenossen in Musset den Autor eines pornographischen Werkes sahen, so haben sie den dandyhaften Poeten mit seiner notorischen Besessenheit für Bordelle und Alkohol vor Augen, der sich früh als Dichter leidenschaftlich-freizügiger Versgeschichten hervorgetan hat und sich andererseits einer sublimen Liebespoesie fähig erweist. An seiner Seite die Schriftstellerin mit dem männlichen Künstlernamen George Sand, die zum Entsetzen der Männerwelt Zigarren raucht und Herrenkleidung trägt. Nacheinander hat sie Verhältnisse mit Mérimée, Musset, Chopin und anderen Pariser Persönlichkeiten, um ihre Partner, wie Liszt sagte, nach abgelaufener Liebe in das Album ihrer Romanhelden einzuheften. In dieser außerordentlich publikumswirksamen Existenz glauben Kenner der Szene das Vorbild für die Gräfin Gamiani zu sehen. Man weiß, daß George Sand mit der Schauspielerin

Marie Dorval eine intime Freundschaft unterhält. Sie verfaßt Bücher, die in aller Offenheit das Verlangen der Frauen nach Liebeserfüllung und die Suche nach einer authentischen weiblichen Sexualität zum Ausdruck bringen. Abgerundet wird das Bild der unbefriedigten, liebeshungrigen Schriftstellerin und Frau durch die berühmte Venedig-Reise mit Musset, von der sie mit dem Arzt des schwer erkrankten Dichters als neuem Liebhaber nach Paris zurückkehrt.

Sollte *Gamiani* eine literarische Hinterlassenschaft der großen unglücklichen Liebe zwischen den beiden Romantikern sein, so befände sich das Buch in würdiger Nachbarschaft. Denn Mussets erzählerisches Hauptwerk, die *Bekenntnisse eines Kindes seiner Zeit*, ist nichts anderes als eine romanhafte Aufarbeitung dieser Liebe. Auch George Sand wertet die Affäre literarisch aus, erst in den *Briefen eines Reisenden*, nach Mussets Tod in dem Roman *Sie und Er*, der massive Stilisierungen zu ihren Gunsten enthält und dadurch eine ganze Fehde von weiteren Darstellungen auslöst.

Aber es ist ja nicht grundsätzlich so, daß das Leben der Literatur vorauseilt und sie ihm aufschreibend nachzukommen versucht. Die Mechanismen, die das Scheitern der Beziehung zwischen Musset und Sand bedingen, sind im dichterischen Werk der beiden schon vorher codiert. Musset durchleidet und erdichtet das Trauma des betrogenen Mannes, schon bevor George Sand ihn hintergeht. Biographen führen das auf die tiefe Enttäuschung über die Untreue einer ersten Mätresse zurück. Doch bleibt so die auffällige Tatsache unerklärbar, daß die Erfahrung eines frühen Verrats, die alles künftige Lieben verbittert und letztlich unmöglich macht, ganz allgemein die Literatur und die Biographien jener Epoche grundiert.

Der typische Mann der Periode nach 1830 hat in irgendeiner frühesten und dem Bewußtsein unerreichbaren Zeit seine emotionale Zuversicht verloren. Er sucht nachträglich in seinem Leben nach Begebenheiten, die diesen Verlust erklären, knüpft seine Trauerarbeit an ein dazu geeignetes Erlebnis an und hüllt sich in sein düsteres Geheimnis ein. Dichtet er, so verfaßt er Abgesänge auf das Ideal einer von Entfremdung freien Liebe, dem er doch nicht entsagen kann. Seine Enttäuschung vergegenständlicht sich in Bildern der untreuen, kaltblütig ihren sinnlichen Neigungen folgenden Frau. Von Anfang an stehen seine Liebesaffären unter dem Diktat eines heimlichen Zwangs, sich die fundamentale Erfahrung des Verratenseins zu bestätigen.

Mussets Frühwerk stellt dazu hauptsächlich zwei Modelle bereit: *Don Paez,* wo der Betrogene in einer letzten Liebesnacht sich und die Geliebte vergiftet, *André del Sarto*, ein Künstlerdrama, in dem der Ehemann dem Liebhaber, der das Herz der Frau gewonnen hat, entsagungsvoll das Feld räumt. Zumal der letztgenannte Text sieht wie eine Vorab-Skizze der Dreiecksgeschichte von Venedig aus.

George Sand ihrerseits gibt in ihrem Roman *Lélia*, der unmittelbar vor ihrer Begegnung mit Musset entsteht, über eine komplementäre Liebesunfähigkeit von weiblicher Seite Auskunft. Es ist der Roman einer frigiden Frau, die einen jungen Dichter an sich zieht, ohne sich ihm hingeben zu können, ihn in den labilen Rollen des hoffenden Liebhabers, idealischen Verehrers und des Kindes gefangen hält, um ihm schließlich im Quiproquo eines Maskenballs ihre Schwester und ihr Alter ego, die Kurtisane Pulcheria, unterzuschieben. Der Dichter Stenio bringt der Verdoppelung der Frau eine innere Spaltung seiner Männlichkeit entgegen. Erst glühender Enthusiast in der Unschuld eines geistigen Liebesverlangens, wird er, von der Heiligen an die Hure weitergereicht, zum haltlosen Libertin. Er kann inmitten der wildesten Ausschweifung an keine Liebe mehr glauben, altert vorzeitig, geht in den Tod und findet als Toter, in einer makaber-nekrophilen Szene, die ganze Hingabe Lélias, die sie ihm als Lebendem nicht schenken wollte.

Lélia will begehrt werden, weicht aber entsetzt vor dem Zudringen des Mannes zurück, von dem sie sich prostituiert fühlt; sie zwingt dem dadurch knabenhaft eingeschüchterten Liebhaber eine begütigende Mutterrolle auf und treibt ihn, in glatter Umkehrung der psychoanalytischen Regeln, in eine nur in der Phantasie des Inzests erfüllbare und deshalb unmögliche Liebe hinein – ein Verfolgungsspiel, das niemals zum Ziel kommt.
Unter solchen Voraussetzungen ist die Affäre von Venedig, statt nur Romanvorlage zu sein, ihrerseits Inszenierung von Literatur. Musset kommt ungefähr an dem Punkt heraus, den Sand in der Dramaturgie von *Lélia* für den Dichter Stenio vorsah: er spielt in der entstandenen Dreiecksbeziehung den Part des unselbständigen, schlechten Sitten verfallenen Jünglings und ist, ohne als Mann weiter Ansprüche stellen zu dürfen, der mütterlichen Fürsorge von Lélia-Sand bedürftig. In dieser Rolle der liebenden Trösterin wird die Frau ganz den Anforderungen des Mutterkultes gerecht, den die Romantiker in besonderer Weise zelebrieren.
Gleichzeitig setzt Musset auch sein eigenes Literaturprogramm durch. Unwillig, den erhabenen Ton der Seelenliebe durchzuhalten, der den einen Teil seines Werkes trägt, wechselt er in die literarisch nicht weniger konditionierte Attitüde des verzweifelten Verächters über. Er macht die eige-

nen Verse wahr, daß es sich besser bei den Huren als bei den Bürgerinnen leben lasse, und bringt zu guter Letzt George Sand dazu, die Urszene des weiblichen Verrats am Mann mit ihm ein weiteres Mal aufzuführen.

5

Das Wechselspiel solcher Phantasien und Projektionen ist nicht einfach privater Natur. Es wird nicht von souveränen Subjekten in der tiefgründigen Abgeschlossenheit ihrer Gefühle durchlebt oder erfunden. Es entsteht vielmehr aus dem kollektiven Fundus dessen, was man das phantasmatische Feld einer Epoche nennen könnte. In den Kraftlinien dieses Feldes sind die Ablaufpläne aller auf einer bestimmten historischen Stufe möglichen Lustphantasien vorgezeichnet: ein bilderproduzierendes Netzwerk aus Wunschimpulsen und -hemmungen, aus Verbindungen und Einschnitten, die zusammen so etwas wie eine Traumlandschaft des Kollektivs erzeugen.
Die großen industriekapitalistischen Umschichtungen im frühen 19. Jahrhundert betreffen in dieser Hinsicht nicht nur die polit-ökonomische Anatomie des Gesellschaftskörpers, sondern auch sein Nervensystem, sein affektives Gewebe. Sie brin-

gen einen schroffen Gegensatz auf zwischen der wachsenden Kälte des bürgerlichen Verkehrslebens und einer erhöhten Nachfrage nach Exaltation, Extremgefühlen, nach leidenschaftlicher Unbedingtheit. Für das letztere haben nach der erklärten Arbeitsteilung der Gesellschaft die Künste aufzukommen.

Die jungen Romantiker sind sich der Außergewöhnlichkeit, die von ihrer Existenz verlangt wird, bewußt. »Jeder Exzeß ist poetisch«, schreibt George Sand in einem Brief an Sainte-Beuve, einen der damals marktbeherrschenden Literaturkritiker. Champfleury meldet in seinen *Romantischen Vignetten,* daß das Wort »Orgie« eines der Schlagworte in Pariser Künstlerkreisen wird. Auf der einen Seite die stärkere soziale Bindungslosigkeit, die den zwischenmenschlichen Verkehr auf ein bis dahin nicht gekanntes emotionales Null-Niveau zurückstuft, auf der anderen Seite neue, an einen großen Aufwand an Wort und Schrift geknüpfte affektive Strategien.

Auf das Geschlechterverhältnis wirkt sich das in der Form einer allgemeinen Spannung zwischen emotionaler Kälte und erotischer Übererregung aus. Die Distanzen, die zu überbrücken sind, wachsen. Musset spricht in den *Bekenntnissen eines Kindes seiner Zeit* davon, wie »plötzlich – etwas Unerhörtes – in allen Pariser Salons die Männer die eine und die Frauen die andere Seite einnahmen. Und so begannen die einen, die in ihren weißen Kleidern wie Bräute aussahen, und die anderen, die in ihren schwarzen Anzügen Waisen glichen, sich mit den Augen zu messen«.

Weiß und schwarz: die Farben der Askese. Die Frauen im Gewand der Jungfrau, fern, unschuldig, engelsgleich und unberührbar. Die Männer in ihrer uniform und trist gewordenen bürgerlichen Kleidung, als ob sie lebenslänglich Trauer tragen müßten, Mönchen ähnlich. In der gleichen Optik sind die zeitgenössischen Liebeserzählungen gehalten. Ob Sainte-Beuves Roman *Wollust* oder *Eine Seele in Not* des heute verschollenen Amédée Kermel, ob die in den Tageszeitungen grassierenden Oden und Sonette mit ihrer aufbegehrenden Schwermut – überall hebt sich die Leidenschaft melancholisch von einem strengen, klösterlichen Lebensgrundriß ab.

Überall schwankt entsprechend die sexuelle Attitüde zwischen Ekel und Exzeß. Das geht, wie sich schon andeutete, nicht ohne ein endloses rhetorisches Durchvariieren des alten Dualismus von Geist und Körper ab. Anders als in den intakten bürgerlichen Tugendlehren des 18. Jahrhunderts aber bietet dieser Dualismus keine Orientierungshilfe mehr. Er vervielfältigt sich in einem Gewirr von zwiespältigen Empfindungen: Phantasmen der Reinheit, die in solche des Todes, der Leere oder der Langeweile changieren; auf der anderen Seite das Phantasma eines Lebens, das schrankenlos unsittlich, sogar verbrecherisch sein muß, um wirklich zu sein.

Beide Seiten existieren nie unvermischt. Im phantasmatischen Feld der Liebe sind entsprechend auch nur unvollständige oder doppeldeutige Geschlechtsphantasien zu besetzen. Niemand hat die Freiheit, den Ambiguitäten zu entkommen, die in der kollektiven Imagination verzeichnet sind. Der Mann als asketisches Wesen lebt im Verein mit dem »groben und brutalen Tier«, wie George Sand zu sagen pflegte, mit dem Vergewaltiger, als den sie ihn auch titulierte. Die Frau, deren Liebreiz nach einer allgegenwärtigen paranoiden Tugenderotik in ihrer Unberührbarkeit liegt, kann die Zone der Sexualität nicht streifen, ohne sich in der Gegenrolle der Prostituierten zu verfangen.

Nach einem zwingenden Phantasiemechanismus muß Liebeserfüllung immer zugleich ihr Gegenteil, Tod oder Entsetzen, sein. Keine der möglichen Konfigurationen geht auf. Sie umstellen ein Zentrum, in das die bürgerliche Geschlechtsideologie seit dem 18. Jahrhundert die Konstruktion einer individuellen Liebesehe setzt: als Einklang der hohen und der niedrigen Affekte, als Monopolisierung und Veredelung des Begehrens durch die einzig geliebte Person. Doch in den Texten der jungen Romantiker ist das Zentrum unbewohnbar geworden.

6

Auch *Gamiani* schreibt sich in dieses phantasmatische Feld ein. Auch hier ist ein Widerstand spürbar, der die Wunschphantasien modelliert. Daß die *Zwei Nächte der Ausschweifung* ihre Grelligkeit vor einem Hintergrund von Askese gewinnen, macht nicht nur der streckenweise hochmoralische Unterton deutlich, mit dem die sexuellen Praktiken zumal der Titelheldin geschildert werden. In der gleichen Spannung zwischen Sittenstrenge und Libertinage sind auch die erzählten Liebesgeschichten gehalten.
Fanny, das Opfer in diesen Spielen zu dritt, wächst keusch und ohne einen einzigen Gedanken an ihre Geschlechtlichkeit auf. In der Pubertät entdeckt sie, daß ihr »irgend etwas fehlen müsse«; aber erst die Nacht bei der Gräfin führt sie in die Mysterien der Körperlust ein. Alcide ist eigentlich »zum geistlichen Stande bestimmt«. Er bekämpft seine nach unschuldiger Kindheit im Knabenalter erwachenden Begierden, kasteit sich, hat lüsterne Träume, die sich in ein krankhaftes erotisches De-

lirium steigern, so daß ein Arzt ihm, unwahrscheinlich genug, als Mittel zu seiner Heilung drei Geliebte verschreibt.
Gamiani verbringt ihre Jugend in Klöstern. Ihre erste sexuelle Erfahrung besteht in der Flagellation und Vergewaltigung durch eine Reihe von Mönchen. Bezeichnenderweise wird dieses Verbrechen von den scheinheiligen Tätern als ein Exorzismus der Triebe in Szene gesetzt. Gamiani hat Perioden der Reue. Sie experimentiert sogar mit platonischer Liebe, aber der Liebhaber fällt aus der Rolle, überwältigt sie im Schlaf und erscheint ihr nach abgeklungenem Rausch wie einer der vergewaltigenden Mönche. Mönch und Gewalttäter: sexuelle Initiative des Mannes kann für diese Frau, die sich in bewußter Abwendung vom anderen Geschlecht der Tribadie verschreibt, nie etwas anderes als der perhorreszierte Zusammenschluß beider Abarten der Männlichkeit sein.
Nur noch in zweiter Linie haben die Szenen, die gerade die Klöster als Stätten der schlimmsten Ausschweifungen vorführen, den Zweck, kirchliche Bigotterie anzufeinden. Das hatte die Freigeisterei des 18. Jahrhunderts von Diderot bis Sade zur Genüge besorgt. Sie sind nichts weiter als episodische Einpassungen in das polare phantasmatische Feld. Keuschheit, so soll erzählt werden, ist niemals rein. Es gibt keine unverdorbene Liebe.

Der Geist, oberster Begriff der bürgerlichen Ethik, trägt in sich, nach Art von Übersprungshandlungen, immer schon den Krankheitskeim um so zügelloserer Phantasien. Umgekehrt ist die freigesetzte Sinnlichkeit auf eine bestimmte Weise unkörperlich, eine Gehirngeburt. Sie ist dazu verdammt, den Vorsprung der Imagination niemals ganz einzuholen, niemals zu einer erfüllten Ruhe zu kommen. Asexualität und sexueller Exzeß sind die ineinander umschlagenden Extreme, die zwischen sich keine glückliche Mittellage warmtemperierter, selbstzufriedener Lustempfindungen dulden.

Die Handlung von *Gamiani* ist um diese abwesende Mitte herum konstruiert. Ihr Leitmotiv ist in mehrfacher Hinsicht der Mangel. Das betrifft zunächst die Figur der lesbischen Gräfin. In den Männerphantasien des 19. Jahrhunderts, lange vor Freud, ist die Frau dadurch gekennzeichnet, daß ihr etwas fehlt. Sie braucht den Mann, den männlichen Phallus, um körperlich vollständig zu sein. Zur Ganzheit gelangt sie also nur in der sexuellen Vereinigung mit dem Mann. Das Revoltierende an der Lesbierin ist, daß sie sich mit ihrer Unvollständigkeit begnügt. Sie löst die Vorstellung einer unermeßlichen, sich ewig verzehrenden, unfruchtbaren Lust aus, die den Männern und der Gesellschaft als ihren bestimmungsgemäßen

Adressaten entwendet wird. Sie verübt Diebstahl im Haushalt der Lüste. Durchweg wird der lesbischen Frau, einem der großen erotischen Mythen des 19. Jahrhunderts, eine halb tragische, halb diabolische Unersättlichkeit zugeschrieben. Auch Gamiani selbst erfährt sich so – »Immer wünschen..., nie befriedigt sein«.

Alcide, der Voyeur und Erzähler, tritt mit der pomphaften Geste des herbeigesehnten Befriedigers in die Szene. Allein sein Name – einer der mythologischen Beinamen des Herkules – prädestiniert ihn dazu. Doch seine stolze Willensbekundung, Gamiani die »Wonne der Männerliebe« zu lehren, erweist sich als vorschnell. Abgewiesen, der von ihm beanspruchten Funktion des männlichen Heilsbringers entkleidet, tritt er zu ihr in eine zunehmend feindselige Konkurrenz. Erst sieht alles nach seinem Triumph aus. Der Schluß des ersten Teils stellt scheinbar die männliche Ordnung wieder her: Gamiani liegt im Nebenzimmer zwischen den abscheuerregenden Spuren ihrer Raserei, Alcide und Fanny dagegen haben sich als Liebespaar gefunden und entfernen sich geläutert vom Schauplatz der nächtlichen Greuel.

So wäre die Geschichte zu einem ganz und gar konventionellen Ende gekommen. Selbst das Motiv der Rettung einer im Innersten noch unverdorbenen Seele vor dem Laster entspricht bis in Einzelheiten hinein – der Blick auf die unschuldig Schlafende, der im Mann edle Gefühle erweckt – einem Epochenstereotyp. Die gesamte Grisettenliteratur lebt von dem sentimentalen Effekt, Mädchen, die sich als Halbprostituierte betätigen, vor dem moralischen Untergang zu bewahren. Sogar die Bordellführer feiern die Ideale der Reinheit. Weil die Begierde des bürgerlichen Mannes nicht ohne Verachtung ihrer Objekte bestehen kann, werden als Gegengewicht unschuldsvolle Romanzen erfunden. Eine um 1830 erschienene Schrift *Les Dames de maison ou Les Filles d'amour* bedient die gleichen zwiespältigen Phantasien wie *Gamiani*. Auch hier wohnt ein Mann als erschreckter Voyeur einer lesbischen Szene bei, und auch hier keimt echte Liebe zu einer Prostituierten auf, die am Ende zur Heirat und Lossagung vom Bordelleben führt.

Aber der zweite Teil wendet die Tendenz der Erzählung ins Gegenteil um. Die Demütigung des Helden Alcide erneuert sich, denn er genügt auch Fannys einmal geweckten Lüsten nicht. Die Körper und Seele umspannende Liebe von Mann und Frau bildet bloß ein Intermezzo, nicht das glückliche Ende. Der Fortgang von *Gamiani* dementiert die Möglichkeit einer Balance zwischen Lust und seelischer Neigung, die im Zentrum der bürgerlichen Gefühlsökonomie steht. Der Mann kann den

Mangel der Frau nicht stillen. Das führt die Frau zur Frauenliebe zurück.
Im zweiten Teil der Erzählung erscheinen Männer überhaupt nur noch als Karikaturen. Sie sind schwächlich und schnell zu erschöpfen, bis hin zur Impotenz. Der Eindringling ins Nonnenkloster, von dem die Gräfin berichtet, haucht bei den Liebesspielen sogar fast seine Seele aus. Substitute der Männlichkeit nehmen die Stelle ein, die der Mann selbst nicht ausfüllen kann: der Affe, der Esel, schließlich der künstliche Phallus, mit dem Gamiani in den Eingeweiden ihres Opfers wütet. Erschien Gamiani anfangs in ihrer unstillbaren Lüsternheit als ein durch und durch vaginales Geschlechtswesen, so ist sie jetzt phallisch. Mit einem größeren Instrument ausgestattet als alle Männer, spendet sie größere, zuletzt tödliche Lust. Der Mann tritt zurück, er vervollständigt nichts mehr, ist überflüssig geworden.
So handelt *Gamiani*, wie alle Pornographie des 19. Jahrhunderts für männliche Konsumenten bestimmt, in Wahrheit vom Rückzug des Mannes aus dem Territorium der Lust. Im ersten Teil gelingt es dem Erzähler Alcide noch, seine Voyeursstellung zu verlassen und sich ins Spiel zu begeben. Der Leser folgt ihm in seiner Einbildung nach; seinerseits Voyeur, fühlt er sich selbst ins Geschehen gezogen. Im zweiten Teil bleibt Alcide notgedrun-

gen hinter der Szene, ausgeschlossen vom Liebesspiel der Frauen, ein kläglicher Onanist. Dem Leser, der sich mit dem Erzähler identifiziert, wird der gleiche Ausschluß verordnet. Als Alcide sich endlich entschließen kann, dazwischenzufahren, ist Fanny, seine Geliebte, schon tot, Gamiani liegt im Sterben. Sie nimmt sich noch Zeit, ihm das Motiv für ihr äußerstes Verbrechen, Selbstmord und Mord, auseinanderzulegen. Im Unterschied zu Alcide und allen anderen, die immer nur von der tötenden Wirkung der höchsten Ekstase reden, hat Gamiani ernst gemacht. Ihr Tod ist die pornographische Gegenversion zur Tragik des romantischen Liebestodes.

Gamianis Rechnungen gehen auf. Als Vergewaltigte selbst Vergewaltigerin geworden, im Liebesakt zugleich Mann und Frau, erlebt sie im Moment des Todes eine nicht weiter zu überschreitende Lust. Dieser Moment bietet eine ironische Erfüllung dessen, was das bürgerliche Liebesphantasma herstellen will und nicht herstellt: unbedingte Entäußerung und zugleich unbedingter Besitz, eine restlose Liebe.

Im Tod schließt die Existenz dieser Protagonistin des Exzesses sich ein, verkapselt sich gegen die, die draußen bleiben, und wird ungreifbar. Das barocke Entsetzen des Schlußbildes – der Anblick der beiden sich umklammernden Leichen – berührt sie nicht mehr, sondern ist Sache der Voyeursperspektive. Übrig bleiben ein Mann und der Nachruf auf die Frau, den er verfaßt. Zwischen der Lust und der Niederschrift liegt die Sperre des Todes. Nur die überleben, die alles versäumen.

AtV

Band 1414

Guillaume Apollinaire
Die Großtaten eines jungen Don Juan

Aus dem Französischen von
Eberhard Wesemann

140 Seiten
ISBN 3-7466-1414-7

Der große Dichter der französischen Moderne, Autor des »Pont Mirabeau«, der »Calligrammes« und der Gedichtsammlung »Alcools«, Freund der Maler Matisse, Braque, Picasso veröffentlichte 1907, nur mit seinen Initialen G. A. gezeichnet, diesen provokanten Roman, den die Literaturgeschichte meist verschwiegen hat. Die saftigen phallischen Großtaten seines jugendlichen Helden Roger offenbaren die bis zur Maßlosigkeit gesteigerten Männlichkeitsträume eines Dichters, der ein Leben lang unter unerfüllter Liebessehnsucht gelitten hat.

AtV

Band 1412

John Cleland
Die Abenteuer der Fanny Hill

Roman

Nach einer alten Übersetzung aus dem Englischen

Herausgegeben und mit einem Nachwort versehen von Kurt Starke

314 Seiten
ISBN 3-7466-1412-0

Einsame Spitze in der Fülle der europäischen Erotika: Fanny Hill, die ehrbarste Dirne der Weltliteratur, genießt den Sex, aber sie sucht die Liebe – und findet sie am Ende auch. Die erotisierende Macht des Wortes, hier trifft sie zu. Vielleicht ist darum diese 1749 erschienene Lebensbeichte einer pretty woman des 18. Jahrhunderts, die so kraftvoll und elegant, aber nie roh in ihrer Sprache ist, eines der am meisten verfolgten Bücher der Literaturgeschichte gewesen: erst 1963 wurde es von einem New Yorker Tribunal gänzlich »freigesprochen«.

AtV

Band 1411

Honoré-Gabriel Riqueti Comte de Mirabeau
Hic & Hec oder die Stufenleiter der Wollust

Aus dem Französischen und mit einem Nachwort von Eberhard Wesemann

128 Seiten
3-7466-1411-2

Ein Feuerwerk an Witz, Lust, genialer Sinnlichkeit ist diese Erzählung über die erotische Karriere eines jungen Abbé, der als Hauslehrer in eine französische Adelsfamilie der Provence kommt. Was hier zu zweit, zu dritt, zu viert, zu siebent ... in beeindruckendem Reichtum an Phantasie und körperlicher Kondition praktiziert wird, ist das literarische Werk eines Mannes, der der häßlichste Kopf und zugleich der faszinierendste Redner der Französischen Revolution war: Graf Mirabeau. Er schrieb dieses kleine Buch zwischen 1777 und 1780, in den Jahren seiner Festungshaft in Vincennes – schrieb es, einfach um zu überleben und an seinem überschäumenden Temperament nicht zugrunde zu gehen.

AtV

Band 1415

Josefine Mutzenbacher und ihre 365 Liebhaber

Roman

250 Seiten
ISBN 3-7466-1415-5

Wenn die Pepi, also die Josefine, am Ende des Buches, nun bald eine gutbürgerliche Ehefrau, über eine ehrbare Zukunft ihres Töchterchens nachsinnt, muß sie sich von der Freundin Steffi in realistischer Einschätzung der Dinge sagen lassen: »Na, leicht is ja net, a Dame und anständig sein, solang die Männer no an Zebedäus haben. Und das Vögeln wird so bald net aus der Mod kommen ...« Der hinreißende Charme des Wiener Dialekts, dazu literarische Gestalten von ausgeprägter Individualität machen diese vermeintliche Fortsetzung der »Lebensgeschichte einer Wiener Dirne« zu einem der deutschsprachigen Glanzpunkte im Fundus der internationalen erotischen Literatur.

AtV

Band 1258 **Alles Liebe**

Die schönsten Liebesgeschichten

Herausgegeben von Reinhard Rohn

280 Seiten
ISBN 3-7466-1258-6

Die Liebe! Wie könnten die Menschen ohne sie leben? Wie wollten die Autoren ohne sie ihre Geschichten erzählen? Mal ist die Liebe jung, mal romantisch, mal kommt sie wie ein zarter Windhauch daher, dann wieder voller Melancholie, aber nie ist die Liebe so wie beim Mal zuvor. Jede Liebe hat ihre Geschichte, und einige der schönsten sind in dieser Anthologie versammelt.

AtV

Band 1272 **Frauenfeuer**

Erzählungen

Herausgegeben von Dorle Brinkmann

240 Seiten
ISBN 3-7466-1272-1

In dieser Anthologie steht schrille Jugend neben phantasievoller Verschrobenheit, warme Weisheit neben Erfindungsgeist und Lebenshunger. Die Erzählungen schildern einzigartige und alltägliche Frauen, die ihr Leben selbst in die Hand nehmen und einem keinesfalls schwachen Geschlecht angehören. Isabel Allende, Angeles Mastretta, Vladimir Nabokov, Harold Brodkey, Marlen Haushofer und andere zeigen weibliche Heldinnen, die nicht nur als Brandstifterinnen von Gefühlen ihre Spuren hinterlassen.

AtV

Band 1270

Das Liebespaar auf der Linde

Tolldreiste Geschichten aus alter Zeit

Herausgegeben von Wolfgang Spiewok

230 Seiten

ISBN 3-7466-1270-5

Die Liebe ist das ewige Thema dieser unterhaltsamen Geschichten. Bekannte und unbekannte Autoren des 13. bis 15. Jahrhunderts schildern sie in allen möglichen und unmöglichen Variationen. Immer und überall treiben Sinneslust und Begierde Mann und Frau in unvorhersehbare Situationen. Oft genug schlägt Verliebtheit in Narretei, Leidenschaftlichkeit in Raserei um. Die Liebe als Abenteuer – unvergänglich wie die Geschichten über sie.